作者照片

雪乃禾

塘车隧道差半小时、感觉好闷一千

硬扎子卡候唆裏上不能、硬挑車道、右前

走路長卡車、上下两層拉的猪、白猪、这让吴

士遊兪あ不来、白猪两耳作老高、尾巴也多半、墨

時候莫名妙、地望起、如坦克炮塔没的天殘、墨

死两耳奪拉着、懶的甩動、小尾巴垂着、只是問

料啉道好星也是之時、道才撑起小尾巴、甩七巴个圆

作者手稿

方英文小说集

昙朵

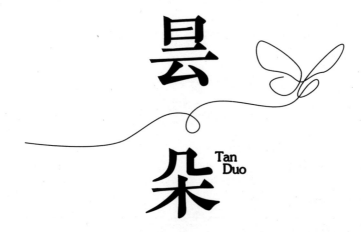

Tan
Duo

方英文◎著

陕西师范大学出版总社

图书代号　　WX23N0751

图书在版编目（CIP）数据

昙朵：方英文小说集 / 方英文著. —西安：陕西
师范大学出版总社有限公司，2023.9
ISBN 978-7-5695-3561-7

Ⅰ.①昙… Ⅱ.①方… Ⅲ.①中篇小说—小说集—
中国—当代 ②短篇小说—小说集—中国—当代　Ⅳ.①I247.7

中国国家版本馆CIP数据核字（2023）第037569号

昙朵：方英文小说集

TAN DUO:FANG YINGWEN XIAOSHUO JI

方英文　著

选题策划 / 刘东风　郭永新
责任编辑 / 舒　敏
责任校对 / 彭　燕
装帧设计 / 主语设计
出版发行 / 陕西师范大学出版总社
　　　　　（西安市长安南路199号　邮编 710062）
网　　址 / http://www.snupg.com
印　　刷 / 陕西龙山海天艺术印务有限公司
开　　本 / 720 mm×1020 mm　1/16
印　　张 / 11
插　　页 / 3
字　　数 / 139千
版　　次 / 2023年9月第1版
印　　次 / 2023年9月第1次印刷
书　　号 / ISBN 978-7-5695-3561-7
定　　价 / 49.00元

读者购书、书店添货或发现印装质量问题，请与本公司营销部联系、调换。

电话：（029）85307864　85303629　　传真：（029）85303879

目 录

CONTENTS

赤　芍

吴晓山是1947年参加革命的。那时他叫吴小三，十五岁，一个孤儿，放羊娃。那天部队文工团——几天后改名解放军文工团——从他的眼皮底下经过，他们男男女女一大群，身后跟着驮了些箱子衣服道具什么的骡子和驴。他们在山下的小河边走着，唱着歌儿。吴小三在半坡上放羊。小三看见他们很有意思，心里毛乱得很。但是，他们没有看见他。吴小三很想自我表现一下，就拿起柳哨，噘起嘴巴吹了起来。他是胡吹一气，但是声音很好听，很迷人，不然他们怎么全站住不走了呢。

他们喊叫："喂！小鬼，你下来。"他就下去了。他们问他这问他那，问得没啥问了。他们问他想当兵不，他说想，很想。他们说好，就把那群羊吆下山，还给富农，又打了个借条，从富农手上借了一只羊。就这么着，吴小三和一只羊，跟着文工团走了，参加革命了。

他们到前线驻扎下来，苏红娥才来。苏红娥是坐卡车来的。那时候，能坐卡车可不简单哟。是一个团长带了几个卫兵护送她来的。她是文工团团长，真是漂亮得没法说！她一下车就把他们召集起来，传达上级指示，布置新的任务。苏红娥根本没有注意吴小三。她只瞥了他一眼，没再瞥第二眼。她以为，文工团又收留了一个流浪儿。

第二天一早，他们就出发了。他们一天步行七十里，为六个营的战士演了六场节目。吴小三长得短小丑陋。他给他们当搬运工，跑小腿。

那次他们演累了，人困马乏的，战斗也胜利结束了。他们要休整，就住进一家大地主的院子。这院子处在一条河边，苏红娥命令大家洗澡。的确要洗澡，每个人身上的垢痂都能揭下块子来。

男的下河洗，女的担水回来，屋里木盆洗。

男人们都下河了，吴小三却不好意思脱衣服。他相貌丑，又羞怯得很，像要过门当媳妇似的，河里人都笑他，给他撩水，说快脱衣服下来吧，他却越发脸红脖子粗地后退着。两个人赤条条地爬上岸来撵他，说："小鬼，革命军人要讲卫生的！"

他吓得飞跑起来。

吴小三气喘吁吁地跑回院子。他听见地主大院的厢房里有哗哗的水响声。他就想喝水。他朝那有响声的门走去。门上挂个竹帘子，竹帘子上面画个好看的绿鸟鸟。

吴小三掀起帘子，一下子傻眼了。苏红娥正一丝不挂地洗澡！见他进来了，她双腿一夹，嘴里直嘀嘀。

吴小三拧身就跑。

吴小三一直跑到院子外面的槐树下。他靠着槐树，心里打鼓般咚咚敲击。刚才那深刻的一幕又闪现在脑海。苏红娥浑身雪白，白得就像是洗得干干净净又削了皮的莲藕。她坐在小凳子上，正一把一把地从木盆里往胸口撩水。

当吴小三的心不再剧烈跳动时，他伤心地流出了泪水。我完了，他想：苏红娥一定让人将我绑起来，然后问我有什么话要说。我无话可说。然后，她从腰里拔出小手枪，给我一颗子弹……就是不杀我，她也要开除我回家。我无家可归。我将再次成为孤儿。

吴小三像个丧家之犬逃走了。他走了百十步又停下来。他躲进岔路口的苞谷地里。日头火毒火毒的，苞谷地里热气蒸腾。吴小三汗流浃背。他舍不得离开部队。他望着那座地主大院，望着那房顶上袅袅升起的淡青色的炊烟。他想象着同志们即将开饭的场面。我再也不可能与他们同吃同睡同演出了。他又流泪了。

然而当房顶的炊烟消失后，吴小三听见路上响起了脚步声。

他从苞谷秆的缝隙里望出去，一双修长的、绑着灰裹缠的腿朝他走来，是苏红娥。只有苏红娥才有这么好看、这么精神的双腿。

"小鬼，躲在这里干啥？还不快回去吃饭！"

吴小三盘坐在地里，一听苏红娥的话，更害怕了，就将脑门勾进裆里。

"快出来，你会中暑的！"

苏红娥弯腰钻进苞谷地，将吴小三拽出来。吴小三脸蛋上有两条红印印，是苞谷叶子划的。苏红娥掏出白手绢，擦了擦吴小三的红印印。

"小鬼，你叫什么名字来着？"

"我叫吴小三。"

"我说吴小三同志，你这么小小的年纪，思想还怪复杂哩！"

"你枪毙我算了。"

"枪毙？子弹是打敌人的。你不就是看了我一回么，有啥了不起的！人还怕人看？回走，吃饭！"

吴小三乖乖地跟着苏红娥走了。苏红娥的白手绢塞在裤兜里，露出个角儿一颠一颠的，像鸭子尾巴。吴小三一直盯着鸭子尾巴，心里好受了些。

　　进院门时，苏红娥突然故意拉住吴小三的手，像拉她的小儿子，特别亲昵。院里的三面房檐下，同志们都蹲着坐着，拿筷子有节奏地敲着碗沿。他们等人到齐了开饭。

　　吴小三这一顿吃得很多，很香。是白米和苞米两搅子饭，南瓜豆角菜还有些牛肉星星。苏红娥亲自给吴小三夹菜，夹了好几次。吴小三只顾吃，也不谦让。他想，这是最后一顿饭，吃了就挨枪。要死的人是不用谦让的。

　　吴小三当然没挨枪。他吃得太过量，所以这一夜又是放屁又是打嗝。晚上起来解了两次手，有一次还把裤裆弄湿了。

　　吴小三耐心等着挨处罚，但是一天天过去了，任何处罚的迹象也没有。苏红娥见了他只一笑，一笑还是一笑。这一笑说明她似乎忘了洗澡的事。但是吴小三害怕看见这一笑。一碰见这笑他便脑门涌血，脖颈发麻。他总是躲避苏红娥，苏红娥偏要迎着他笑，让他看清她对他笑。这是一种同志式的谅解的笑。这笑在别人看来很自然很正常，但吴小三总觉得这一笑藏有其他意思。什么意思呢？他说不清。

　　吴小三胆战心惊，神志不大正常了。苏红娥很快就发现了这点。苏红娥格外注意他了，跟着撵着关心他。她给他补衣服，监督他洗脸洗头，检查他身上是否有虱子，还教他认字写字，还给他派角色，还让他吹柳哨。可他根本演不成戏，在苏红娥面前他紧张万分。他的柳哨本是吹得极好的，可是，一旦苏红娥让他给大伙儿吹，他的嘴唇就哆嗦。她就看他一笑，用一笑来鼓励他，给他打气。这更糟糕，因为这一笑使他想起她洗澡。他只好单独操练吹柳哨，仍是怎么也吹不好，只响一下就哑了，而且这一下跟放蔫屁似的难听得很。吴小三如此不争气，苏红娥依然不嫌弃，该关怀的照样关怀，该提携的照样提携。大家很不理解，一个超常美貌的文工团团长怎么如此错爱一个傻愣嘎崩的笨小子？大家的嘴里有些酸，就问原因。苏红娥一笑，说这是革命友谊，我对谁都一样。

吴小三带着负罪的心理，努力夹着尾巴做人。他决不辜负苏红娥，处处往好里表现，极有眼色，给大伙儿端茶倒洗脸水洗衣服。晚上好久也睡不着，绞尽脑汁想着第二天给谁效劳。

苏红娥很高兴，就手把手地教着吴小三写了一份入党申请书。落款时，苏红娥主张把吴小三改名为吴晓山。苏红娥还做了吴晓山的介绍人。后来，他们配合大部队又解放了一座县城。他们再没有仗可打了。休息几天，上方来令，文工团将赴省城。还要留一部分人工作，支持地方。吴晓山第一个报名，申请留下来。他无法忍受在苏红娥手下工作。吴晓山觉得对不起苏红娥，对不起这个比他大十岁的女人。她要是不见我，她心里会干净些，吴晓山想。

苏红娥说："好，你留下来吧！"他们紧紧握手。

眨眼间，全国解放了。省上派来个县委书记，书记一来就找到吴晓山，问他有什么困难。吴晓山说革命成功了我没什么困难。他奇怪省上来的人怎么会找他这个无名小卒。

不久，吴晓山当上了县文教局副局长。

不久，当上了正局长。

吴晓山没有想别的，只觉得叫我当副局长正局长都是革命的需要，好好干就是了。直到县委书记调走时，他才给吴晓山透底，是苏红娥要我好好培养你的。

吴晓山心里一热，就提笔给苏红娥写信。他要感谢她，再叙叙旧，但他写不好，一句话要查几次字典。一封信写了半个月，不成，算了，不写了。好在他找了个借口。他从报纸上看到，苏红娥率领一批俊男美女到苏联、保加利亚、罗马尼亚等国访问去了。

这时，省上又派来一位县委书记。这位书记提拔吴晓山当了副县长。后来，又调他到县委当副书记。可见吴晓山还是有些能力的，毕竟见过大世面。

但吴晓山自己奇怪，奇怪自己没啥文化没啥水平，比自己参加革命早的，有本事有能耐的人多的是，为什么只有自己往上上？

吴晓山问县委书记认识苏红娥吗，书记说不认识但知道，谁不知道她呢。吴晓山一脸茫然。县委书记说："我虽然不认识苏红娥，但省委书记认识苏红娥，我认识省委书记。"

吴晓山全明白了。苏红娥是大明星，杰出的女演员。吴晓山认为，杰出的女演员多是杰出的社交家。杰出的女演员当不当社交家由不得自己。这是工作需要，自然而然的事。苏红娥一直惦记着我，吴晓山想，一旦获悉谁个要到我工作的县上当领导，她必要拐弯抹角说些人情话。

吴晓山心里一热，一烫，又提笔写信。又是写了半个月，还没成信。既然写不好信，索性不写了。吴晓山专程去看她，进了省城又不敢登门。吴晓山进城次数很多，但都没有看成苏红娥。一想起苏红娥，吴晓山就变成了那个十五岁的男孩。

吴晓山结婚了。吴晓山得儿子了。吴晓山抱闺女了。

最后一任县委书记调走后，吴晓山就成了那个县的县委书记。不久，"文化大革命"开始了。吴晓山和苏红娥都倒了大霉。霉运过后，双双复出，加倍地红火起来。吴晓山官复原职，不久又升为副专员。离休时按正专员待遇，师级。

从分别到现在，吴晓山和苏红娥整整四十三年没见过面了，确切地说苏红娥四十三年没见过吴晓山了。吴晓山倒是常常见到苏红娥，在报纸上，在电影、电视里。数不清的人看见苏红娥，认识苏红娥，熟悉她的一颦一笑。但是，他们都没有我熟悉，吴晓山自豪地想着。

吴晓山离休后正谋划着去看苏红娥，机会来了。报纸上说苏红娥生病了，在医院里接受采访。吴晓山准备了一大堆土特产，还有一个精致的柳哨。吴晓山要看望苏红娥，要给苏红娥独奏柳哨。

吴晓山练了一个礼拜的柳哨，全家人都说他返老还童了。

苏红娥躺在高干病房里，像一朵枯萎的白莲。但是，再枯萎的白莲依然是白莲。

吴晓山一眼认出了苏红娥，认出了这个七十一岁的老人。

苏红娥也很快认出了吴晓山。

"小鬼，四十多年啦，我以为你失踪了呢！"

"我对不起你。"

苏红娥一笑，还是四十多年前的那一笑。虽然不很水色，但是神韵依旧。

苏红娥要她的子女们离开病房。她想跟吴晓山单独聊聊。

"人和人都是有缘分的，"苏红娥说，"世上人这么多，谁跟谁说句话、握个手，都是有缘分的，更不要说其他。"

"可不是嘛。"吴晓山咕哝了一句。

"你知道我年轻时候，"苏红娥精心选择着词语，"我那时很好看的，很多男人想看我，都没看见。"

"我看见了。"吴晓山又羞怯起来。

"所以我说是缘分，"苏红娥笑了笑，"除了我老头子，你是唯一看过我的男人。"

吴晓山的胸口又出现了四十多年前的咚咚跳响。

"苏大姐，"吴晓山拉开大提包，边往外取礼品边说，"你一直没有听我吹过柳哨，我这回好好给你吹一回。"

"好的，"苏红娥挪了挪白枕头，摆好认真欣赏的姿势，"文工团的人都说你柳哨吹得好，可惜我没听见。那天收你时，我不在场。"

但是，吴晓山的脸上冒汗了，因为他从大提包里找出柳哨时，柳哨已被礼品挤扁了，挤裂了，吹不成了。

"这辈子听不到你吹柳哨了，"苏红娥凄婉一笑，"也算是缘分，没缘分听啦。"

吴晓山想哭。可是老了，没泪水了。

半天无话，相对无话。

过了好久，吴晓山提了个问题。这个问题困惑了他整整四十四年。

"苏大姐，你当年洗澡时为什么不关门呢?"

"当时呀，"老人深情地回想道，"全国就要解放了，我的心情非常激动，我看见院子里有一丛芍药花正开得艳红艳红，就像我当时的心情一样。所以我不忍心关门，我要一边洗澡一边隔着竹门帘看花。那花实在好看，我以后再也没有见过那么好看的花了。"

一个月后，苏红娥逝世了。吴晓山没有参加追悼会，也没有送花圈、发唁电。他觉得，他本人以及他的名字，都不要出现在她的追悼活动中。

我不配，吴晓山心里嘟囔着。

小　乔

　　脚下这条小路走的人不多，因为路中间不时有横斜的杂草枝，横斜的原因大约是人脚不多，未被踩死。一些羊粪蛋儿，洒落了十来米，不见了。

　　两边的山坡上，开着铜钱大的白色的小花，野菊花。路旁也有几枝野菊花，走近，能看清橘色的花蕊。

　　偶然听一个老汉说，这条沟里住着一位寡妇，名叫小乔。"是周瑜的老婆吗？"我来了好奇。"周啥？"老汉将他的老耳朵掀展，同步侧了脑袋，好像我要给他挖耳屎。"周瑜！"我重复道。老汉依旧方才姿势，答："好像姓周，名字叫啥，我忘了，反正跟人打架死了，不值得！"

　　拐过一个山嘴，眼前出现一个农家院落，三个孩子在井台边玩什么游戏，鸡鸭悠闲地穿插其间。随着一声狗叫，就看见一条黑狗，卧在叶子已半黄的瓜架下——当然它已站起身，冲我迎来，样子倒不凶煞。

门口出来一个妇人，拎着挎篮，斥责狗别咬人，狗便摇了摇胖尾巴，复回瓜架下，卧了。"先生，请屋里坐。"妇人虽然笑着，明亮的双眸却闪着几分凄然。我说外面畅快，就坐在篱笆外的石础上。石础有点破损，上面的浮雕模糊不清，像是一对什么鸟儿。看来这不起眼的住宅，有些年头了，阔过呢。

妇人吩咐孩子们抱柴火去，给客人我烧茶。大女儿行动去了；俩小的都是男娃，一个豁牙，最小的津津有味地吃着小拇指。三个孩子年龄差距一岁多吧，楼梯档子似的。

一个黑陶茶碗端出来，妇人动了动挎篮，说："先生，你喝茶，我掰苞谷你不见外吧？"我说好的，没关系。篱笆外面就是苞谷地，苞谷棒子的胡须全蔫了，发黑了。"我帮你掰吧，夫人。"妇人一个浅笑，未置可否。

三个孩子依然场院玩着，拿苞谷秆儿、苞谷叶儿，换着花样儿拼图案。我说夫人，一个人带仨孩子不容易，可以教孩子们干点轻松活儿。"小孩子真是怪，"妇人一说孩子就显得愉快，"不让他干他偏要干，添乱帮倒忙。等学会干了，能帮个手了，又懒得出奇。"

妇人手粗糙，黄土色，扬起胳膊掰苞谷时，露出的臂，却也秀白。"先生你，爱吃烧苞谷吗？"我说爱吃，胃里正好来了反应，苞谷棒子也正好掰满了挎篮，就随妇人出了苞谷地。她将苞谷棒子倒入场院，挑了两个大的剥了，然后进门去，放入火塘烤，烤一会儿拿火钳捏住棒子翻一下。"夫人，"我试探问，"能参观一下房间吗？"她说先生请便，没啥可看的。

就看了卧室、厨房、客房，无非是柜子、箱子、土炕、木床，墙钉上挂着筛呀箩呀笊篱呀之类日用物，没有我猜想的，理当有的东西。

趑回堂屋，门背后蹲靠着锄头铁锨等农具。"夫人，大都督的兵器呢？""全卖给铁匠铺了，"妇人说，"打打杀杀的有什么好！"

我出门，由檐下走进厢房，里面一副小石磨，簸箕、撮瓢、条凳，巡睃完了也没发现琴，英雄夫妇皆是琴手呀！想想，没问——烤苞谷的煳香味飘来，妇人早拿苞谷叶子半包了烤熟的棒子，递我。

妇人夹起另一个烤熟的棒子，依旧苞谷叶包好，免得烫手，膝盖一支，一折三节，各插一根筷子，顶部细长，给老大，中节匀称给老二，根部粗，颗粒多，就给了老么。三个孩子吃得高兴，老二的豁牙处落下一粒，黑花母鸡一嘴啄去，又吐了出来，可能烫的。

又帮妇人掰苞谷，一手掰一手啃熟棒子。掰了四挎篮苞谷，倒在场院，拿来几个小凳子，吆喝三个孩子都来学剥苞谷。不时抠几粒新粮食，撒给鸡鸭吃。我剥了一个精光，妇人说不能剥光，"要这样，留两片叶子。"示范着。原来留叶子，用于捆扎，悬挂晾干。一捆十个棒子，一头五个，架到檐下十字交叉的铁丝上。摞得高了够不着，挪来楼梯继续往上摞、架。

三个孩子很快就学会了剥苞谷，只能剥开，力气小，没法拽断壳叶，得大人帮忙拽。"看你养的孩子，夫人，多聪明！"妇人脸一红，说："我倒不急着他们长大，一长大就不需要娘了！"女人喜欢夸她的孩子，来成就感。

这是个周末，平时孩子们在镇上的小学、幼儿园。近来因为传染病，全放假了。何时收假？等通知。

听见咩咩两声叫，后坡上下来三只羊，三个孩子就兴奋地迎上去，抱的抱羊脖子，捋的捋羊背。其中一只羊的腔子上，涂了巴掌大一块红，看样子是红墨水涂的。

羊和孩子们耍了一阵，兀自进羊圈了。全是母羊，没爱情呀。这想法低俗，心里检讨一个。

"夫人，春秋？就是贵庚？"话一出口就后悔，问女人年龄不礼貌啊。但这妇人回答："本命年。"脸上并无尴尬，或者恼色。

就是说她眼下三十六岁，正是周郎为国捐躯的年龄哦。推算开去，她比丈夫小四岁。

听得说话声，近乎喊叫声，来自门前的田间小路上。抬眼望去，几个男人抬着一个担架，碎步前来。路窄，挤挤搡搡的，担心踩了庄稼地。

扶担架的是个老汉，就是告诉我小乔住这里的，那位耳背的老汉。

"妈呀肚子疼！"担架上男子坐起来，"肚子疼呀救命！"又躺下去。如此这般，坐起来喊叫，喊完了躺下，弹簧似的。

"小乔，快救人！"

小乔早就起身迎接了，帮着放下担架。担架上那男子一如方才，一坐、一喊、一躺。

"不怕，"妇人小乔说，"趴下，脊背朝上。"挽起袖子，伸进那男子后襟，掐痧子。一掐，"我的妈呀"，再掐，"妈呀"，三掐，"呀"一个字——"好了，不疼了。"

那男子离开担架，仿佛压根不曾肚子疼过，嬉嬉笑笑的。

新来的四个男子，连我五个男子，三个孩子，或掰苞谷，或剥苞谷。小乔妇人张罗做饭，又说还是先给大家烧个苞谷吃，先打个尖。

一个男子递给小乔一个塑料袋，里面装了两大块豆腐，好几斤呢。可是方才，没见谁拎豆腐啊。

大家掰了一大堆苞谷棒子，围坐着剥，聊。厨房屋顶冒出炊烟，如同淡青色的绸，印花上去想必挺好看呢。

"没人想着给小乔，介绍个对象？"话一出口，又后悔自己多嘴了。

"烈士家属，咋好改嫁。"大脑袋男子说。

"一改嫁，就没抚恤金了。"细脖子男子说。

"再说，谁又配她呢！"发痧子的男子说，由于肚子不疼了，脸上就荡漾着喜悦，异常的喜悦、亢奋。

"你们大声点说好不？"老汉，就是告诉我小乔住这里的那个老汉，照例手掀耳朵采声状。

"不能让小乔听见了，你个瓜老汉。"

一股烧烤苞谷的煳香味飘来，香味如细绳似的钻入鼻孔——

"方老，睡够了吧！"

眼一睁开，发觉仰在副驾上，做了一个梦。开车的钱总呢，拿着一袋爆米花在我鼻尖上晃着，难怪梦里一股烤苞谷味。"饿了就吃，后备厢里还有矿泉水。"

醒神后明白了，由于新冠肺炎，国人全都宅家自保。当然医生、军人、各级官员，他们得救人，还有许多辛苦送货的人，不能在家团年。

宅家了十来天，憋得心烦，正好隔壁钱总约我郊外散心。钱总名字不知道，只听人叫他钱总钱总的，像是某个家具公司老总，因为逮过他一句老挝红木之类的话。

与钱总邻居了多年，并无往来。偶尔一次，往垃圾桶倒废纸时碰见，发现我俩都是练过字的废纸。钱总一见我字大呼"书法呀书法"，扬言要拜我为师。于是就往来了。

钱总腿短上身长。他老婆相反，腿长上身——其实不短，挺合适，比钱总高小半头。两口子同行，挺喜感的。他老婆见人就笑，感觉温婉。

钱总老婆姓甚名何？不知道，也没必要知道。有次遇见她斜背着二胡盒子，和一个极像她的美少年并行，忍不住招呼道："你弟弟来啦!""啊?"吃惊的样子,"我儿子呢。"美少年也笑了,笑得几分难堪。

钱总拉我到了秦岭山根,结果山口被封,进不去,两个戴口罩的人上来,让摇下玻璃,首先命令我戴上口罩,然后拿个白色手枪似的玩意儿,抵住我俩额头量体温。"正常。"其中一个说:"你们最好回家去,待家里别胡浪。"

车就调头,返回。一直雾霾天气,难得今日天蓝太阳好,所以没走多远,就再次调头,停路边,面南晒太阳。行车极少,感觉像是回到了八十年代的乡村。隔着玻璃望见路边一簇迎春花,似开欲开,很不想开的样子……就睡着了,就做了个上面记录的梦,梦境里秋天的景象、人事,清清楚楚。

钱总下车去,后备厢里取出矿泉水,说年前采购有限,家里食物快完了,不知商场、菜店开业否。

因为车辆少,路顺,半小时就回来了。门卫正给一个身材标致的女人量额头,有点眼熟,戴着口罩。我俩进门时,照例又被测量额头。方才那女的已距离我们三十来米远了,钱总喊:"小乔!"那女人就回身了,惊讶的样子,笑盈盈驻足等候。

"你妻子姓乔?小乔!"

"是呀。"

想起方才那个梦,心里十分蹊跷。

昙　朵

　　堵车隧道里将近半小时，感觉如同一个硬丸子卡喉咙里上下不能。双排车道，右前是辆长卡车，上下两层拉的猪。白猪。这让吴士游愈发不爽。白猪两耳拿老高，尾巴也多半时候莫名其妙地竖起，如坦克炮塔后的天线。黑猪两耳耷拉着，小尾巴垂着，懒得甩动。只有饲料味道好，量也足时，这才撑起小尾巴，甩两个圆圈以示喜悦。

　　白猪是洋猪，黑猪是土猪。白猪生长快，但是肉不好吃，也不好看，总之没法跟黑猪比。

　　吴士游看见白猪想到黑猪，想到遥远的打猪草的童年。眼下堵在隧道里，卡车上的两层白猪过不惯平稳生活，也许挤得难受吧，竟相互拱咬起来，不时一声锐叫，如同长指甲划过玻璃……

　　好在没有猪粪味。此念头刚一闪过，猪粪味就来了。手伸窗外一试，风自前方来，风携臭味来，证明距洞口不远了。感知风向风力及四季风的差别，是桥梁工程师吴士游的本能。风的味道也很重要，工程师能分清风的香味，含着什么花的香，抑或某种荤素饭菜的气味。若是粪味，又是哪种动物的粪味。留心这个，桥梁设计时便要考虑进去。桥是服务人的，同时兼顾动物。不能只是方便人类，阻隔动物。

传来引擎声。十几秒后，前车挪动了。右边的大卡车尚未动，于是工程师看清了拉猪车是十个轮子。这是国道，二十二个轮子的长卡车没法拐弯。个别的加长车不想走高速，图省几个过路费而走国道。可是为了女人，司机又经常不在乎钱。多年前的一次，工程师由陕北搭乘煤车去北京，目的是测试途中几个桥梁的有关数据。车上煤堆甚高，好在都是块状的，走走摇摇，扑沓四周，不会有多少飞落道路的。

他给了司机三百元，要司机打个收条，以便他随后报销。可是刚出煤场岔路口，车却停了。岔路口一个围巾女人站着，高原的风吹得那围巾如同三角旗啪啪带响。钱退你吧，司机把三百元递回工程师手里，跳下车去和那女人交谈什么。工程师一时木然，在司机楼里没动弹。那女人咧嘴冲他笑，牙齿倒也挺白的，灰红的脸蛋印着些许皱痕，像是红苹果被刺划过。

"不好意思，你是国家干部，飞机软卧多自在！"司机跳上座位，打着火。"我们下苦人，一路上没个女人，打瞌睡出事故呢！"

"没事，地方宽，让她坐中间好了。"将三百元依旧递司机。

司机不接，手背拱回来，两个黑鼻孔皱皱说有些钱得挣有些钱得花，那女人想挣我钱我也想给她身上花钱她陪我一趟一百五若是另外想要要——要要？要要什么？吴士游顿时明白了，就把钱装回兜里，又多一句嘴，那人家咋返回呢？要要满意了继续坐我车，司机说，都不满意了就结束了，高速路入口一站拉煤车多的是。祝你们一路要要愉快，说着便下了车，那女人早站在车门下仰脸赞他：大哥好人，一满大好人！

煤车扬尘远去。他这才发觉司机打的收条还在手里，就撕了，不能报空账揩公家油。撕碎的纸片随风翻飘，直到消失沙漠远处。

秦岭之南属于南方，当然没有沙漠。出洞口不远便是岔路，路牌箭头斜指“谭村”。他读公路学院时认识一个女孩，就是谭村人。

女孩正读小学，七八岁的模样，长得如画中娃娃非常喜人。那精致的鼻子，乌黑的双眸，长长的睫毛，如同菩萨捏造出的仙童。尤其那小嘴巴一噘一翘时，就算石头钢铁也会被其软化，任她求你帮什么忙你定然毫不迟疑立马行动——当然，如果她真请你帮什么忙的话。

校园里两排老旧的平房，当作公共自习室，被高七矮八的杂树环绕着，这是历届校友返回时即兴栽植的树。晚饭后学生们不爱去自己班固定的教室，乐意到这里自习，一来面孔陌生利于静心，二则随时方便出校门遛街。吴士游某天进去刚坐下，正揭书包要温习时，小仙童进来了。小仙童四处望望，多半桌子都被人占了，末了与他对视一眼。自习室不是正式课堂，这里总是一人占一桌，半边写字，半边放书包。分明还剩两三张空课桌嘛，她却偏偏走向他的桌子，坐下，理都不理他地打开她自己的书包，取出铅笔盒作业本，认真做作业了。她为什么选择坐我课桌？若干年后他才想起当时脑子里一闪而过的这个疑问，却没有机会核实了；他当时只是奇怪，怎么小学生溜进大学教室上自习？但也没问，只顾各自作业。

某种香味飘来。皱皱鼻子，类似豌豆花的香味呢。小仙童感觉了什么，拧头微仰，也皱皱鼻子，模样俏皮带滑稽。“老大，你皱什么鼻子？”叫我老大？“哟，为何叫我老大？”小仙童铅笔指着课文，“你看这——”他瞥过去，原来那图文说的老大是一头水牛。

好吧，那我就老大了。“那你叫什么名字呢，小朋友？”

小仙童铅笔顶着下巴，看看两人桌面，伸手将他的课本拽过去，就在页面下方空白处写了两个字：昙朵。

"还有姓昙的？稀罕。"

"我姓谭，我妈生我时，刚好昙花开了。"

昙朵兜里摸出一把炒豌豆，放课本上数了数，十一颗。"你是老大，"她说，"你吃多点。"给他分了六颗。炒豌豆很香，只是咬嚼带声，引得他人投来怪异的目光。

"走，"来了一个同学说，"八点半练唱呢。"他合上课本，合上写着昙朵二字的《高等桥梁结构理论》，与小仙童告别。那时五四青年节在即，他们每天晚上在校礼堂彩排大合唱，作为晚会压轴节目。他和土木工程系的那位被称作校花的女生担纲朗诵，一时家国情怀，满身心地回流着幸福与浪漫。

台下有零星观众，那是外面路过的人听见了溜进来瞄瞄。唱了三遍，一小时彩排结束。出门时发现后门拐角坐着一个小姑娘，趴着前靠背，脑后一对小刷刷颤抖着，如正在筑巢时的两只燕子尾巴。像是小仙童？他弯腰碰了碰她的小肩膀，小姑娘抬起头，果然是昙朵——两只眼睛红红的，忧伤欲哭的样子。

刚拐过一个山弯，又拐入一条村道，走小路，可以看看真正的自然。一排房子前的路上聚集了不少人，年轻的戴着白孝帽。他降低车速，以待那些人散开。车子慢慢滑行，就看见一口棺材。如果梦见棺材，据说是升官的预兆——难道又要升官？也太快了点儿吧，绝对不是好兆头。他自掐了一下腿，往疼里掐，证明这不是梦，是真的见了棺材。棺材正被绳索套着，四角四根抬杠，准备着抬丧下葬吧。棺材两边的两张大方桌上，碗碗碟碟的残羹剩汤还没收拾。

人们不大情愿散开，不想给他让道的样子，似乎没看见他开的车。

他也不好摁喇叭催，毕竟这家死了人。他只好下车，轻声地客气地请他们让路。他们就让了。这时他看见水龙头边的小凳子上坐着两个吹喇叭的，前面的矮几上蹲着一瓶烧酒，一盘凉拌猪耳朵。两个吹鼓手正在饮酒，喇叭搂在怀里，不时嘴巴抿抿喇叭哨。

基本是老汉老太，抬得动棺材吗？他没多想，就走了。路上每隔几步便有一张火纸，以及茶杯口大的方孔白纸钱，拐向一个小桥。他将车前开了二十米，靠边停住，下车返回，看桥。

首先看见的是对面山根下的村庄，二三十户人家吧，没个人影儿，可能都来吃丧饭了。村里死个人，十里左右家家断炊。村庄后坡上有处坟地，几个男人正在那里有一下没一下地打井。打井是方言，就是挖墓坑。

这小桥就是三根横木，木面铺着栈板，板面涂了水泥，勉强可以将车开过。桥面只有自行车摩托车辙印，证明附近另有一个可以通汽车的桥，否则对面的村人没法外出。桥头两边杂草丛生，有金龟子出进。一簇鸢尾青绿着，紫花早已凋谢，萎缩成干菜的样子。他走过桥，又使劲踏步回来——哎呀，承受不了抬棺材哟！

此时喇叭吹响了，随之鞭炮也响了。看来起灵了。他得等着，不能让棺材通过桥，否则必出事故！喇叭声越来越响，首先出现的并不是棺材，而是两个戴孝的年轻人，一男一女，各自抱个长凳子，不时回头看啥子，一个说放下，两人就把两条凳子放下，相距不到两米吧——棺材这才抬进视线，落放凳子上歇气，喇叭也不吹了。

吴士游几乎是小跑过去提醒他们不能从小桥过，他们说没事吧，也没办法，大桥在下面八里地，冤枉路绕太远。乡下如今没有壮劳力，死不起人，没人抬棺材啊！

这是不能马虎的，桥梁工程师绝不能眼看着桥出事，纵然这民间自造的无名小桥与他毫无关系。"一旦意外,你们想想看!"他们果然惊骇了,因为如今的小河两边,全被砌了壁陡的石坎,牛羊都没法下河饮水了,孩子们也不便戏水了。吴士游要他们返回,找两根长木头来顶桥,再找一节厚板子,别忘了带上锯。

死人是天大的事,让死人安全地入土为安比天还大。他们知道这个,立马吩咐人返回,照这个陌生路人说的找木头来。这期间他与他们对话,才知道死者是个一百零二岁的孤独老汉,无儿无女,戴孝的是他的侄孙侄孙女。老汉四十岁时曾讨过一个丈夫横死的寡妇做老婆,那女人招架不住饥饿,没跟他过满半月就跑了。老汉也不再娶,一辈子跟一棵核桃树过光景。

老汉六岁时他父亲带他到对面山坡栽树,那是他们的祖坟地。他父亲替他挖个坑,递他一株小核桃树苗,手把手教他如何捧土培压,再拿两只小脚板踩踏树苗四周。然后浇水,然后捏着小树苗,轻轻地、轻轻地往起拔那么一两拔,说这样一来,树苗的根须就伸展了,水也渗匀了。

这个栽树的遥远故事,自那女人跑了之后,老汉见谁都讲述,听得人人耳朵起了厚茧。那核桃树长得漂亮极了,远远看去如同一团浮挂半空的绿色村庄,枝叶里活动着很多人儿似的!盛春时节最早发绿,入冬许久最后落叶。花絮如蚕,挂果繁茂,轻轻敲破壳儿,可以完整取出核桃仁。他自己并不独享,而是来了孩子就分发。赶集时他见女孩子买红头绳,他也买了长长的一条,回来给核桃树圈上,说这是我媳妇呢!三八妇女节时,他专门买了红纸请学校老师写上"三八快乐"四个字贴上核桃树。人们都说他是精神病,见多不怪,由他去好了。

他每天去看核桃树两次,无论风霜雨雪。夏天他就卷了凉席提着茶壶,在核桃树下乘凉睡觉,鼾声如雷。核桃树随着年轮滚动长粗长大,栽植她的主人也同步与年变老。可是今年，所有的核桃树都发芽变绿了，唯独他的核桃树安安静静，衰气乌黑，就连有风吹过她也枝不晃丫不摇。没几天后，他确认核桃树不会再绿了，便说她死了，我也该死了。"她比我小六岁呢，"他给世界留下最后一句话，"把我埋核桃树下。"

吴士游直叹太怪异了，传说某人与动物相爱，与树木生死相依倒是第一次见识，不由惊骇且感动。这时人们扛来两根木头，一块板子，一把缺齿锯子。他离开小桥一段距离，单眼吊线瞄瞄，又伸出大拇指，再瞄瞄。然后走到两根木头前，弯腰拃了拃尺寸，让他们照此处截断。接着他要下河床，脚尖抠住石坎缝，慢慢落下去。又唤叫再下来两个帮手。三人鞋都没顾上脱，站在水里，将两根木头竖立桥下，上面横板顶稳。现在可以过桥了，于是唢呐响起，棺材被安然无恙地抬过桥。

实习返校，毕业前夕，三三两两吊儿郎当，无非吃喝，逛街，照相，反正随时就打起铺盖卷儿，鸟兽散的。某次晚饭后，给一个低年级老乡同学还了钱，返回时路过平房教室，莫名其妙地走了进去。一进门就惊讶地发现，小仙童坐在他们曾经坐过的课桌上，小小书包占着另半边，不想让别人占的样子。

吴士游想笑，觉得挺喜感，悄悄走到她后面，看她做什么作业。没来得及看清，昙朵便回头了："老大，我感觉老大来了！"高兴得两只眼睛里像是有两只小蝴蝶要往出飞。"我姐姐的女儿和你大小差不多，不过没你好看。"他夸赞道。怕影响别人自习，他就告别她祝她好好学习，快乐成长。他走出门，发觉昙朵跟了出来。

一大一小的两个人溜达着。昙朵说她父母同是医生，眼下同在坦桑尼亚外援，她只好暂寄公路学院姨妈家。援非医疗队快满一年了，不久便回国。姨妈不是老师，是计财处的会计。"那就是说，你不久也要离开这里？"昙朵点点头。我也是，不过他没说出口。给一个孩子没必要说这个。

十三年后他猛然想起昙朵，想起当时她曾紧张地搂住他的臂腕。当时一对男女学生路灯下滑旱冰，曲里拐弯地从他们身后绕到前边，继续曲里拐弯地往前滑。昙朵把书包递他，两只小胳膊展开，也曲里拐弯模仿追随着前面人，因为没套旱冰鞋，只能碎步点点密密蜻蜓点水——忽然被什么绊倒了，他急步上前扶起来，她就套住他臂腕了。

十三年来他一直在大西北修路架桥。他的妻子是个银行职员，厌烦钞票，两人的钱总是放在抽屉里，谁想用了谁拿去。他们的女儿已上三年级了，经常给野外作业的爸爸写信。可是爸爸真个回来了，女儿却并不多么激动，也不全是分多聚少的缘故。女儿的信他认真保存着，每次探家时再带回来珍藏好。如今人们不写信了，女儿长大了再把这些信送给她，将是一件愉快的事。

女儿不到四岁时问爸爸："我长大了能不能给你当老婆？"爸爸一脸严肃无所适从；妈妈乐了，问她为何要给爸爸当老婆，她说爸爸好帅吔！"我是爸爸的老婆呀，爸爸有老婆，是我呀。你长大了自己去找吧，看上谁就给谁去当老婆啦！"这次对话沉重地伤害了女儿，爸爸再回来时她就不冷不热了，同时对妈妈充满了抱怨。

吴士游他们在陕南修建一个隧道外的长桥时，有一天指挥部通知说文艺采风团要来慰问演出，演出场地选在对面的茶园缓坡上，录像时可以俯拍隧道与大桥背景。个别工人抱怨演出耽误时间、迟拿工钱。但领导说必须全部停工看演出，连漂亮女演员都不爱看算什么男人！

吴士游惭愧自己没啥文艺细胞，也就外出时在报刊亭随便买本杂志消磨途中无聊。家庭生活平淡无奇，却如钢筋水泥般结构牢固，走再远再久心里都踏实，虽然没有眼前临时搭的戏台看上去花枝招展。不过他心里也与部分工人看法相同，工程关键期间采风团来慰问纯属添乱，不如休假时带着老婆孩子到戏院里专心看。

其实施工者不到四十个，机械化不需要太多人。锣鼓一响村民磕磕绊绊地来了，其中不少是老头老太。为了营造气氛，附近两个学校的师生们也都来观看。

演出前指挥长致欢迎词，汇报工程进度与此工程在中国西南交通上的重大意义。采风团团长接着讲话，说他们是来学习的之类，正讲着忽然被喜鹊声打断，他以话筒遮嘴仰着脑袋旋转着寻找喜鹊，观众的脑袋目光全随着他旋转寻找，但那喜鹊声忽远忽近忽高忽低，甚至从观众后排的茶园外面的树林子里传出——"观众朋友们，你们找不见的，我给大家表演口技呐！"掌声笑声浪花般喧腾起来。

采风团团长本身是口技演员，接着问在场的小朋友，你们中有几个见过蒸汽火车？想见真火车吗？好，注意了，话筒一指你们瞧那里——来啦！咔嗒咔嗒、咣当咣当——呜——去——咚——

随着火车声隆隆而来隐隐远去，这时一对正式男女主持人才走上前台。男主持黑色西服蝴蝶结领带，女主持一袭白裙胸佩红花。无外乎煽情朗诵，要将标语口号竭力朗诵得感人肺腑。

吴士游他们都自带小木凳坐在舞台正前方，安全帽一半红色一半黄色。被围的第一层是女学生与老人，外层是男学生与村民。摄像机长长的臂杆不时从他们头顶摇去复滑来。

主持人报幕说下来请欣赏《三月茶姑舞》，就见出来七个红盖头（不是那种遮严脸的新娘盖头），天蓝色白点印花衣裤，手腕小竹篮，跳得欢快迷离。尤其领舞最长腿，细腰丰臀，玉臂轻滑茶树冠，兰花小指翘起来，采得新茶点篮里，斜体横篮又送胯，流风回雪般绕台半圆再原路绕回……

好看好看，吴士游心里赞叹着却又同时说这全是假的，他所见的采茶女甚至老妪，生计劳作容色困倦哪来这般风情荡漾！偶尔来些城里女游客，租了印花布衣服茶园里摆拍，完了尻子一拍走人。

演出结束后，全体工程技术人员被邀上台，演员们全蹲下，请建设者们半圆形围站他们后面合影。吴士游与指挥长自然站在中间，恰好在领舞背后，颔首瞧见那粉颈，左右看看，全是粉颈。领舞回头，斜仰面庞，一个浅笑，两排雪白的牙。吴士游正要回报一笑，领舞脑袋拧回去了——忽然再拧回来，惊叫道：

"老大！"

说谁呢？吴士游摆头看看两边，没谁反应，却听都注意了都朝前看哦，摄影师喊叫，于是领舞马上朝前看了，摄影师继续喊叫后排的英雄们往前靠靠紧凑些——再紧凑些，一、二、三——OK！

领舞站起来回头说："老大，没想到在这里碰见你哦！"说我吗？吴士游十分蹊跷，我叫吴士游呀，没有叫过老大呀。"哦不怪你，十、十三年了，你不可能认出我的！"说罢，夸张曲腰一手贴腹一手飞扬，"向伟大的工程师致敬！"

原来这位正是十三年前，公路学院自习教室里认识的那个名叫昙朵的小仙童。光阴真叫神奇，日月相推十三年，竟膨化发酵出一个如此美妙的舞娘子！

演员们正装车道具，昙朵快速跑上大轿车里取来手袋边小跑边掏出手机说："赶紧留个电话老大，"语速快声音却极悦耳，"水电站正等着我们去演出！"

载着演员们的大轿车缓缓离开，提速消失了。当时清明过后不久，山色醉人，空气芬芳，杨花柳絮随风游弋，导致双眼迷迷蒙蒙如同黏糊了蜂蜜。

　　吴士游虽被艳惊一次，也很快就淡忘了。他是个机械男，认为生活就是一个建筑，丁是丁卯是卯，没有孰轻孰重之别，当各守本分，不可位移置换，如此营造遵循了章法，生活也就有了秩序。互加了电话后，他从不会想起给她打，终究两代人，也得顾忌个纲常伦理。但是每到重大节日时，昙朵便来一个问候短信，他就礼节性回复，表示感谢。直到下一个节日昙朵再来问候信时，他才想到手机通讯录里还有这么个舞跳得异常好看的青春女子。

　　吴士游一直在西南山区筑路架桥。后来上了青藏线。缺氧与冻土地带，对他们的工作是一个极大考验。在掘进一个隧道时，地面泥水流头顶石渣落，他被一块斜飞的石块击伤腰部。领导要送他回城疗养兼探亲，他轻描淡写说没事没事，只在格尔木医院住了半个月，就又拄着拐杖上工地了。凡他经手的桥梁隧道路基，都是他的作品，追求完美是他的天职，并因此而享受无法道于他人也不必道于他人的愉快。刚好电视台来采访，便将他报道出去，这让他很尴尬。巧合的是正好被昙朵看见——电视衰落了怎么还正好被她看见！

　　这是唯一的不在节日里收到的昙朵问候。他问了她的地址，给她寄了一只鹰笛，由鹰的翅膀骨制作的藏乐器。与竹笛不同，竹笛横吹，鹰笛竖吹，如吹箫。又过了几年，他到哈萨克斯坦修路架桥去了，一如既往地在节日里收到昙朵来信。当时微信初兴，他们加了微信，并互传了照片。她传他两张舞蹈剧照，左侧右侧，姿态婀娜，风荷杨柳。屈指算来，她应三十好几了，早成家养孩子了吧？他给她传了几张中亚风景照。

　　飞机轮子咣当着地呼呼滑响，平安无事了。吴士游手塞双膝上的挎包里，取出手机，摁开。挎包里有电脑，电脑里的资料不属于个人，未经批准不得告知任何人，即使父母妻儿。这方面他很小心，尽管他清楚他干的活儿还进不了多高端的保密层级。包里还有几本专业杂志及工具书。大学毕业证学位证一混到手，课本多半贱卖给校门口的旧书摊了。不过他还是留了几本，其中就有《高等桥梁结构理论》——这本书里有昙朵的铅笔签名。自十几年前工地上巧遇昙朵演出，他就将此书随身携带了。学而时习之不亦乐乎，不少难题其实课本里早就讲过，那或许就是一句话，当你重逢这句话时，顿时豁然开朗，眼前的问题迎刃而解。

手机叮咚一声响，来信息了。昨夜接到通知，要他参加一个紧急会议，指挥部给他订了机票，今早起来被车飞奔了一百二十公里送到机场，因为这趟航班是单日线，会议是双日开。这等于早回了一天，他没有也没顾上告诉家人。给家里一个惊喜也挺好的。

他没有看信息，猜想无非是不同时区的天气预报。等到舱门与引桥口缓缓对接上，他拿起手机一看，吃惊得不小呢。信息是昙朵发来的：

"老大，我感觉你回来了！"

"你神人呀！"他回复四个字，旋即补发五个字："飞机刚落地。"他座位中偏后，耐心坐着，看着乘客老早站起来取下行李等候出舱。昙朵说，如果现在可以，就见个面喝个茶？喝咖啡也行。他复好呀，喝什么都好。昙朵说那我现在找茶馆去，你出机场上出租，地点我发你。他说好的。

他将挎包装进小拖箱里，一出门就拦住出租了。司机问到哪，他说往城里走，一会儿告诉你。十五分钟后，康宁街一百三十八号，昙朵说，他转述司机，司机说好。又过了一刻钟左右，昙朵信说：茶馆包间号一三八八。见面了说什么呢？平生第一次与舞蹈演员喝茶，真不知道说什么。没关系，她说啥就跟着她说好了。知之为知之，不知为不知。不妨请教她些艺术知识。

夕阳穿进车后窗，车拐弯时一团光照拓上司机后脑勺如一张煎饼，再一拐弯煎饼消失了，煎饼应拓在他的后脑勺上了，于是他抬手摸自己后脑勺，觉得手背温暖，当然未摸着煎饼。

到了康宁街没见一百三十八号，只见到一百三十五号一百四十一号。城市改造了，门面虽多而门牌号难寻。他就给司机结账下车自己找了，反正在附近。他举目四望，搜寻仿古门面的房子，因为茶馆喜欢假扮古相。

可是转来转去也没见一百三十八号，就进一家药店打问，女店员彬彬有礼地与他出门，指着街对面的欧丽朵酒店说那就是一百三十八号。他绕道天桥过了街，酒店门口六角柱上果见一百三十八号，嵌在烟盒大的方框里。

一三八八号，即十三楼八十八号，想来是餐饮层。可他上到十三楼，出电梯一看，异常安静，鹅黄色地毯两边全是客房。难道……可能走错了，不是这里。他转转两头，最后发现一三八八号，门口亮着请勿打扰，断定错了。他离开几步，重新翻看手机短信，细心核对确认门牌号码，就这里呀！

他踅回去，犹豫片刻，拽拽领口，拢拢头发，弓了食指背，轻轻敲了两下。门开了。

"老大好！"昙朵穿着睡衣，一臂柔软地将他迎搂进去，另只手碰上门并挂扣锁链。她迎搂他时，他感觉她微微地折了一下腰，轻轻给了他个贴颊礼。那颊有点凉，如小手大的荷叶。

这是一个小套间客房，栗子色的厚绒窗帘留着五寸宽一条缝，黄昏的光线如一道垂直的无声瀑布。窗下圆桌上一个果盘，两个杯子，一杯茶，一杯咖啡。

"茶和咖啡，你选。我是说话算数的。"

"我能洗一下脸吗？"

"冲个澡都行。"

洗罢脸就出卫生间。没有冲澡，脱衣冲澡挺尴尬。再说，也想不出冲澡的道理——

他吃惊地发现昙朵坐在地毯上，一腿曲一腿伸。那伸展的腿，光洁如玉，开叉到腿根。在他方才洗脸的时候，窗帘也被完全合上，只有卧室的一只床灯，如无数只萤火虫的光，隐隐流淌出来。他当下心跳加速。

昙朵一只手斜撑地毯，一只手搭着小腹，造型美极了！

"你坐椅子上吧，咱就这么说话……我最爱坐在地上，尤其到了野外，裙子一撩、地上一坐，啊，土地的芬芳气息，小草小虫的灵魂，慢慢地上升体内，感觉好极了！"

后来进了卧室。柔软不失敏捷，深情滚烫着娇痴。

吴士游抽咽起来，昙朵吓了一跳："你害怕了？害怕什么？"他摇摇头。"我从没想过拆散你家庭。"吴士游依然摇摇头。

"我太感动了……"吴士游想不出恰当的话，"世上还有这样的事……这辈子没白活！"

"那我放心了。"昙朵风情万种地笑了。"你是我的初恋哦老大！"她吻了他的额头，棉团般的胸压着他的胸。

他起身出了卧室，打开行李箱，取来那本《高等桥梁结构理论》，翻到那页，二十五年前她拿铅笔写的昙朵二字依然清晰如昨。若是自来水笔，可能没这效果，他说。

"真难看！"昙朵伸指头去抹，被吴士游急忙拦住说我从来没摸过呢只偶尔看一眼。

吴士游被召回，被宣布为主管业务的副院长。组织说你快五十岁了该坐办公室了，让二三十岁的年轻人上一线吧。心里不大爽，办公室耍嘴皮子无聊是吧！再说鲁班型人物也不适合当官。却不好推辞，毕竟是要你让贤年轻人。

上任第一天，接待的第一人竟是谭村村主任。谭村是昙朵的老家，这让他感觉亲切，客气地给村主任斟茶，发烟，倾听说事。他是不抽烟的，当了副院长后，办公室主任送来一条烟，说院级领导每月配一条烟，用于招待来客中的瘾君子。

谭村在两省交界处，一条河隔开。桥是二十五年前修的，不久前居然被一辆小货车压断了！断茬口靠近他们这一方，所以得他们解决。小货车若再前行两秒钟，过了桥心再断，就归对面省的那个镇子负责了。幸好司机没死，就骨折了一条腿。吴士游吴副院长说不奇怪，当年赶进度粗制滥造，如今不少桥梁进入"坍塌期"。事情不大，随便吩咐个技术员去监理修复就能完事。但他决定谁也不告诉，亲自去现场看看。

他撕了一张台历，边写边给村主任说该采购些什么材料，老中医开处方似的，要村主任回去先准备，说他三天后去。村主任掏出手机打，通知外面的司机拎进来两个大纸盒两个小纸盒。大纸盒分别是粉条和魔芋，小纸盒分别是茶叶和豆腐干。吴副院长咋都不接，不接村主任就不离开。他摸口袋要付钱，村主任脸色忽的难看了：瞧不起我们乡下人啊！好好，那就这，我收下。心想下来交办公室吧，办公室交给机关灶抑或另法处置，就与他无关了。总归不要犯错误——脸又烧了一下。

途中帮一个古怪的死老汉棺材安全抬过了小桥，他就上车走了。导航显示到谭村还有五公里，川道逐渐开阔，山也矮成了丘陵状，景色是愈发的赏心悦目了。他放缓车速，想象着谭村，生长并养育童年的昙朵故乡，魅力究竟何在。

城市舒服

1

我绝对没有想到，我记者生涯的第二天晚上，就参加了一次豪华盛宴。如此盛宴，远远地超出了我的梦想。这样的隐形好处，我当初读到的招聘启事里并没有说；我所读过的新闻教科书里也没有写。总之，"白吃"二字令我喜出望外。对我而言，它简直就是我所理解、我所向往的小康社会。

我出身农村，挣得肠子都快断了，才考进我们州城里的师专。到我上三年级时，我们师专被升为本科。于是我就顺茬多读了一年书，这就害得我老子多贷了六千块钱的款，才让我混了一张本科文凭。我老子真是没出息，他好赖也是个副乡长，供一个独子念书居然还要贷款！当然我也清楚，他省吃俭用的钱，有一部分给了下湾的韩美兰。韩美兰的脸并不怎么美，甚至腮帮子上还有一撮小麻点，反正跟我妈差远了；问题出在韩美兰的那对大奶子上。我小时候跟着我老子串门，老远见了韩美兰，我老子的眼睛就盯住韩美兰的胸脯，嘴里说话也都胡呜啦了。但我想那时的我老子并没有得手，因为韩美兰的男人似乎永远也没有离开过女人五里地。"得手"的事，可能发生在三年前她男人去山西挖煤之后。她男人自山西刚刚捎回六百块钱，紧接着又捎回他死于瓦斯爆炸的噩耗。适逢我们学校"专升本"，韩美兰的儿子也同时考上县城中学。所以我老子就贷款了。我始终判断不准这件事到底是光荣呢还是丑陋，只感觉说出来丢人，不说出来难受……

不管怎么说，我大学毕业了，手里有一张本科文凭了。可是要想回到我们县上安排工作，那得首先交钱，然后在家里等待，等待通知，让你去考试。既然有了文凭，工作还要考试，真不知哪来的规矩。再说到哪弄钱呢？就是弄到钱，交了去就能保证工作落实吗？谁也不能保证。钱还不给退，除非你来年不考了。

我从《骋远报》上读到了他们报社要招聘记者的启事。我就揣上文凭和五百块钱，跑到省城参加考试。嘿嘿，他娘的居然考上了！后来听说落选的人中还有北大清华的毕业生，我当即兴奋得大哭了一场！我是坐在城门洞下哭泣的。我哭得酣畅淋漓，以至于过往的行人以为我家里出了什么大不幸，就纷纷给我扔小钱。

我一看不妙，立刻不哭了。我不哭就没人给我扔钱了。我想弯腰拾了地上的钱，又怕人笑话。钱可是个好东西，我得动脑子把地上的钱很体面地转移到我的口袋里。我得瞅个时机。就是说当我发现往来的人正好在我面前形成一段空档时，我立即将手从口袋里抽出来——同时从我的手里掉下几张小毛票。哈哈，我就弯腰了，将我的，以及原本不属于我的钱一并拾了上来。

虽然不足十块钱，却预示着某种福音，更是我的幸运加上我的智慧的成果。我要奖励自己。我进了一家羊肉泡馍馆。我要吃优质的，而且三个馍，同时自豪地喊道："多加些汤！"后来我才明白，这话说得很不地道，地道的说法是："汤宽些！加点粉丝！"

第一天早上去《骋远报》上班，乔主任乔老师把我叫到办公室，先给了我一盒名片，说："这次招聘了你们十五个记者，统一给你们印了名片。"接着，又从案头的一大堆请柬中，挑选了一个最小的玫瑰红，递给我说："你十点钟赶到这里（食指点着展开的请柬），参加这个活动，回来写个小稿子。"

我出门时，他又在我的身后补充道："以后，你就自己找新闻线索吧。"

这是我第一次采访。我需要认真对待。我再一次吸了钢笔水，尽管我五分钟前已经吸了一次。当然我还没有相机，那是老记者的装备；而有名的老记者呢，还配了手提电脑。我希望有朝一日的我，也有这个行头。

出发前，我又返回去请示了一次主任："乔老师，您还有什么吩咐吗？"他正站着在废报纸上练毛笔字。"你记住，"他举起毛笔，将我的脸虚拟为报纸，一边缩字一边说，"咱们《骋远报》是本城有影响的传媒之一，你们出去采访，人家毕恭毕敬、请吃请喝，知道为什么吗？"我当然不知道。"我告诉你，就因为你手里拿着一个《骋远报》的记者证。"我似乎明白了什么，但又说不准。还是听乔老师继续教导吧：

"我的意思是，你要珍惜这个机会，不要唬人，尤其不要敲诈索贿，这既是维护《骋远报》的声誉，也是争取你自己的饭碗。'争取'，懂吗？三个月的试用期，很关键呐。"

我按请柬上的地址，十点钟赶到那家酒店。原来，是一个画家举行婚礼。天天都有人举行婚礼，这有什么好采访的呢？我想大概画家是个名人，名人的婚礼就有新闻价值。主席台上的横幅上写着"北山河先生与南江春女士婚礼仪式"。好几台摄像机正在选位置、试镜头。北山河可能就是那个有名的画家。可怜的我，来到这个城市不到一礼拜的我，当然不知道他何以有名；至于那个南江春女士又是何等人儿，我更是从未听闻。

　　不过，我得先找个地方坐下来。大厅里摆着几十张圆桌，雪白的桌布上是转盘玻璃，转盘玻璃上摆了一圈凉菜，凉菜中间蹲着白酒、啤酒、红酒，还有瓜子糖果。这阵势，这排场，我还从来没见过呢。人们陆陆续续说说笑笑地进来了，三人一伙五人一帮地分别朝酒桌上围坐。正在我不知道该往哪坐时，我忽然发现一张桌子上有个小牌，小牌上有三个字："新闻席"。

　　"新闻席"还空着三个位子，我就走过去坐了下来。桌上的男男女女，一个个趾高气扬高谈阔论，根本不看我，即使看我一眼，眼里也全是不屑的眼白。我很愤怒，但我提醒自己要忍住。反正我清楚一点：婚宴是喜庆的，就算我是个蹭饭的陌生人，也绝不会有谁把我赶走的。

　　我只想一点：怎样才能出色地完成我的首次采访任务。其实我心里没谱。采访新娘"你为什么要嫁给他？"再问新郎"你为什么要娶她？"这类问题好像是该婚礼主持人问的。不管怎么着，我不吭声，其他记者怎么做，我就跟着怎么做好了。

　　我从他们的交谈中慢慢知道了些情况：北山河是个旅居法国的中国山水画大师，今年六十三岁了。据说他享有半个地球的声誉，因而画价在逐年攀升。他每年秋季回到中国，为的是画枫叶。半年前，他跟他的奥地利妻子离了婚，心情郁闷地回到中国。没想到，他来到本城后，意外地结识了电视主持人南江春。就疯狂地爱上了。

"见面礼是啥诸位知道吗？一辆劳斯莱斯！"

"他要比她大三十六岁哪！"

"这是时尚，不奇怪，不奇怪。"

"漂亮女人让艺术家娶了，年龄悬殊些，还说得过去。我最憎恨的，是那些老不死的商人，也玩名女人！"

"你是没钱，有钱了比商人还爱玩。"

"……"

我觉得这些谈话可能派上用场，便掏出本子要记录下来。令我没想到的是，我的这个即兴动作一下子改变了我的处境。很久以后我还记得，当我掏出印着"《骋远报》采访本"这几个红字的小小的本子时，大家的视线全都集中到我身上了。其中那个冷美人（她很少说话）小叫了一声："嘿，你原来是《骋远报》的？！"对面的那个胖子站起来，特意走到我侧后，拍了一下我的肩膀，以埋怨的口气说："老弟，这就是你的不对了，干吗像个哑巴似的坐着不吱声？都是吃这碗饭的，要相互沟通、照应嘛！来，交换名片，大家都交换！"

此时我才想起乔老师说的话，我才明白了《骋远报》在社会上的分量和地位。而且，第二天见报的稿子，唯独我写的最有反响，其中精彩的内容是画家的答记者问："北山先生（奇怪，我把'北山'理解为复姓），您比您的新娘大三十六岁，就一点儿不担心吗？""担心什么？哈哈，确实担心，担心得很呐！我是替她担心呢，你想想看，我九十三岁时她都五十七岁了，五十七岁的妻子能不担心她的丈夫在外面寻花问柳吗？！"

当时，新郎新娘给名流要员们敬了酒后，就挽着胳膊来到我们"新闻席"。我们都站了起来。与我碰杯时，上述的提问就冒出我的嘴巴，这也是大家心里共同的纳闷：担心画家早死了，可怜的美人儿要守寡啊。谁知画家的回答如此聪明自信。大家都在现场，可是只有我一个人写了出来。画家读到报纸后很开心，专门派人给我送来一条法国领带。其实，还不如送我同等价值的现金实惠些，因为我还背着贷款呢。

哦，差点儿忘了。画家的婚礼，由于是有钱的名人结婚，所以前来采访的记者，每人都得到一个红包，一千元呢。以后我才知道，这叫"车马费"。我当时想贪污掉，可是想了半天还是放弃了贪污的念头。如果我贪污了，那么第二天，我就可能不是记者了。再说了，我是乔主任乔老师派去的，请柬上明明写着他的名字，而我却私吞了本应属于他的红包，于心何忍？再再说了，这没准儿是乔老师故意考验我呢。

回报社后，等办公室的人都走了，我就把红包给了乔老师。"一千块？我还从没接过这么大的红包哩！"见他如此惊喜，我庆幸自己没有打埋伏。可是乔老师依旧将红包退给我，说："我历来的规矩是，把请柬给了谁，就等于红包也给了谁。"我是无论如何也不能要的。"你就这一次机会，以后想要还没有了！从下个月起，红包一律上缴！要是发现了，那就——下课！"

"能不能这样，"我结结巴巴地说了一句事后一想起来就忍不住要自掌嘴巴的蠢话。"咱俩……分、分了，一人、人五百算了……"乔老师哈哈地笑了："我用得着拿这样的钱吗？你知道我一幅字卖多少钱？你当然不知道，但我也不告诉你。"（后来我一直未发现谁来买他的字，他不过是喜欢"自炒"罢了。）

最后他说："你初到城里，举目无亲，又租的农民房，房里总得添点小日用什么的吧。一个人养活一个人，费钱得很哪。""那我请您吃饭。""好吧，哪天我约你。"其实直到现在，我还没有请他吃过饭，因为他不久前调走了。

我心里始终欠着乔老师一份感情。当我第一次和我可爱的葱儿亲吻时，我就想：如果乔老师在场该有多好啊，那我要毫不含糊地邀请乔老师先亲吻，权当是为我的美好爱情剪个彩。后来我对我的女友葱儿明说了这个想法，葱儿当即气晕了，说我把她不当人看，而是当成了一件可以任人使用的调味品了。可是，当我细说了原委后，葱儿的气就有点消了，表示了适度的理解。但她强调："那他也不能亲我的嘴，只能轻轻地，把我的脸蛋儿亲那么一下。"我对她耳语道："亲个嘴怕啥？你就不能灵活点？乔老师亲你时，你把牙齿咬住，舌头别出来嘛……"

现在来讲讲我开头所说的盛宴。我过去想象的盛宴，无非是酒桌上摆满了整只的鸡鸭、整头的牛羊以及半人长的鱼、筛子大的王八；其实全然不是那回事，因为我想象的那种宴席，说到底还是没有超出我老子的思维。

这么说吧，富人吃饭看上去反倒挺简单，关键是那种摆设和氛围的复杂迷离，以及那令人咋舌的价钱。一席数万元的饭我没吃过，我只说说我那次吃鲍翅的经历。实际上那玩意儿并没有什么好吃的，那形状和味道，我看跟粉条煮糨糊差屎不多。可是它一份你知道多少钱？这个没啥标准，我那次吃的是四百八十块钱一份，而且没有吃饱，晚上回到我的"公寓"，又泡了两包方便面，外加十三块饼干、一小袋韩国腌萝卜。

我主要想说说摆设。那是个豪华包间，足有一个半教室大，天花板上悬挂着水晶吊灯，地上铺着波斯地毯。在那张我平生从未见过的大圆桌上，摆了一大丛芳香四溢的时令鲜花。桌上的餐具们金光闪闪，发出的音响清脆悦耳，好像谁在锅里爆炒星星似的。我业已过去的二十三年的人生里，吃饭从来就是一双筷子一只碗。而那次，我的面前摆了多少家伙呢？一双银筷子，筷子搭在景德镇出品的筷枕上，就像毛笔搭在笔枕上一样。两把刀子，其中一把带着锯齿；一把镊子，一把叉子，一把勺子，一个小锤子。猛的看上去，以为在开吃前，先要给大家动个开腔手术呢。至于饮具，也是一大套，宜兴茶杯、白酒小杯、啤酒中杯、酸奶半高杯、红酒高脚杯、咖啡矮脚杯等等。还不算进口牙签、消毒湿毛巾、芳香餐巾纸以及只有妇产医院里才会有的接生手套。从此，我才知道了世上何以还有那么多人缺这少那，原来都集中在这里了。

正式开吃前，又进来六个美女为我们六个食客服务。于是我一下子解开了另一个谜团：乡下为什么没有了美女？乡下为什么那么多的光棍？原来美女们、我年轻的姐妹们都到了这里！她们妖娆娉婷，一律紫色旗袍，旗袍的开衩忽闪出光洁烫眼的大腿，不仅烫眼，还烫得我耳鸣，仿佛有几十辆坦克冲我隆隆驶来……我突然想起我们县剧团里最美丽的那个女主角！可是，让她与我眼前的这几个女人相比，那她简直不足挂齿了。

我觉得我吃的这一顿饭太无耻了！尤其当我知道我们六个人的这一顿饭竟然高达七千五百八十八元（比我背负的贷款还多啊）时，我简直有一种吃了死尸般的恶心。当我将这件事汇报给我的乔老师时，他的语气却是那样的平淡："都十几年了，你才激动？你这个激动，在新闻上叫'重复'，没价值。"

我差点儿忘了，我是因何吃的这顿饭。就是参加画家婚礼的那次，酒桌上认识的那个胖子邀请的我（加上冷美人，我们三人分别供职于三家本城最牛的报纸。我们就成了朋友。在不涉及个人利益时，我们互通有无。一句话，我们在竞争中互利）。"今晚请你吃鲍翅！"鲍翅俩字，早已滚瓜烂熟于我的文字视觉，但从未品尝过。"谁请？要发稿子吗？"老记者早就告诉了我吃饭的经验：凡是请吃好的、送贵重礼品的，采写的稿子基本不能发表。乔老师为人固然厚道，但是目光却贼亮贼亮，你稿子里一星半点猫腻，他都能给你准确地挑剔出来。

"胖子，这鲍翅我没吃过，我很想吃。但我，不会去吃的。"

"哥们儿，这次刚好和发稿子的任务相反，不发稿子才请吃！"

去后就知道了。原来，做东的是个颇有名气的房地产商。他从农民手里征了一块地，按合同要给农民兑现若干平方米商品房，结果兑现时面积缩水，农民上门闹事，保安打伤了农民。"这有详细资料，"他将资料分发给我们，"楼房正在销售旺季，在未调查清楚之前，请各位记者大人，千万别在报纸上捅出来！"

结果呢，鲍翅也吃了，稿子却由另外一个记者发表出来，让那房产商挨了一闷棍。我总担心某一天在街上碰见他，脸上的表情不知怎么展览。不过至今还没有碰到他。然而就在我毫无准备的情况下，我突然来了强烈的爱情欲望。

那天我高兴极了！你简直猜不出是谁引起了我的高兴，是我们县的县长！他专程来感谢我呢。当然说"专程"有点夸张，因为他毕竟是到省城开会顺便来看我的。他给我带了一斤毛尖茶叶，还有一条好烟。我以为他想请我给故乡写篇表扬他政绩的稿子呢，但我估摸错了。

我上周替故乡几个讨不到工钱的民工写了篇稿子，于是民工就拿到了工钱的一大半。其中一个民工，是县长老婆的堂弟。"我老婆一定要我来面谢你，"县长的神情一点也没有了在本县土地上的那种威严，"还是你们大记者厉害呀，只一篇文章，就让民工们拿到了工钱！"

我正要骄傲，忽然想起乔老师的警告，于是我说："县长，这不是我的能耐，而是《骋远报》的能耐。就像你，你给老百姓办了那么多好事（天哪，我学会拍马屁了，成熟啦），老百姓来感谢你，你就坦然接受吗？你肯定不会的。因为你清楚，你虽然是县长，但县长又未必是你，你干的一切，是县长该干的，未必是你心里很情愿干的。"县长连连点头说好，其实这些车轱辘话连我自己也没弄清是啥意思。

我决定请县长吃饭。"好，你做东我买单。"结果真的是县长司机买了单。饭后喝茶时，县长很诚恳地说："我想了想，你父亲在副乡长的位子上七年了，按说早该进一点步了。可咱们县上有规定，过了四十五岁就不能再上正科了。我想回去给书记建议建议，看能否变通变通。"我正回忆昨夜的那个奇妙的性梦，最后才听清县长说的是要提拔我老子。我一直奇怪我当时怎么就摆出一副政客的架势，说了几句与我的身份年龄很不相称的话来："这不好啊县长，要多提拔年轻干部嘛。再说我父亲也没啥政绩，何况——"我差点说出我老子的男女作风问题了！

县长走时，又拜托了一件事，说是下周二县上的几套班子均派领导进省城来，要在火车站举行个仪式：送别一千名劳工去新疆摘棉花。县长的意思是，到时请我约些报社电视台的记者，给予报道。"省上也有领导出席呢。"我满口答应了。

这不是什么难事。可真到了那一天，我却因故未能去捧场。但是事情并没有耽误，我的媒体朋友们都给我顾了脸。

我因何未去呢？还得从我替民工讨工钱的那个稿子说起。那篇稿子由于曲折中不乏怪诞之处，发表后被央视一个栏目摘要编排播出，报社就奖励了我八百元。钱来得这么容易，我怎能不高兴！可是，没有谁来分享我的成功与快乐。要是有个姑娘多好，那我就带上她逛商店、吃肯德基，或者看电影上网吧，再不就去动物园看老虎。

唉，没有姑娘的日子也叫日子吗？报社里当然不乏漂亮的女同事，可她们似乎脑子进了水，天天挂在嘴上议论的，全是那些所谓的成功人士。她们羡慕他们有车有房，毫不在乎他们那腆着的猪肚子、满脖子的松泡泡肉。

没有人分享我的快乐，那就自乐吧。我骑上车子，快速地赶回我的"公寓"。那个小院子真小，四周被四层楼房合围着，所以院子里的光照时间不足两小时。房主占据一楼，那是一对老人和他们的俩儿子。二楼以上，全为房客。我在二楼租了一间，月租金一百三十元（不含水电卫生费）。

我进房子的同时，一撅屁股，碰锁了门。然后脱了裤子，拽一把卫生纸钻进了被窝。一本书上曾大肆污蔑这个活动丑陋不道德，简直是放屁！自己处置自己的身体，通过自力更生达到快乐，又不在公众场合，碍谁事了？

可是，我那天很不顺心，刚要达到顶点时，楼下却突然响起激烈的吵骂声。那是妯娌俩，不知什么起因，但能判断出起因时，尚能心平气和地说话。说着说着，不知哪句话说崩了，音调忽然就爆裂开来。我穿了裤子，鞋也来不及趿拉，就开门外出。我发现，在家的几个房客，均手搭栏杆，勾腰看着底下的院子。两个女人不美也不丑，心情好的时候就贤惠，贤惠了就美一些；心情不好了就说话带恶气，一带恶气就显得挺丑的。但有一点我要提前规定好——这两个吵架的女人决不能成为我未来妻子的参照。

两个女人不断重复一个手势：一个的指头戳另一个的鼻子，戳的同时骂一句"不要脸！"另一个就挥手上去逮那根指头："你敢骂！"那根指头便迅速缩了回去。后来就把双方母亲的生殖器拉出来恣意摔打蹂躏。

我是比较喜欢看女人之间吵架骂仗的，这个节目是语言战争的极致，其特点是形式花哨、内容丰富，揪发，撕领口，咬指头，扇脸，唾口水，抱腿……"有心人"如果细心观察归纳，或许能总结出一套"中国雌拳"呢。这个"体育项目"的最大好处是：它可以借机将人性中最混账的毒素排泄出来，而且一般也不会出人命。男人就不同了。男人的骂声仅仅是个斗殴的序曲，几句骂声结束后，就基本没话可说了。然后就只剩了响声。那响声根本不讲节奏，完全是将一堆面粉袋或者烂砖块胡扔乱砸一通。到了收尾，必定有一个甚至两个被抬进救护车。可能正是由于男人的存在，所以战争才永难消失，兵器也日益增多。

　　这个问题我懒得思考了，我的当务之急是把我的快乐发泄出去。我也不能再看两妯娌吵架了，再看下去我可能永远也不会接近女人了。是呀，除了金钱与鲜花，世上还有比女人更美好的吗？当然没有喽。于是我告别了院子。我今天至少要挥霍掉一张老人头！想想吧，我一下子得了八百元奖金，跟彩票中奖有什么两样？

　　我打算豪华一次。我叫了个出租，一种刚办成了一件大事的语气："拉到哪个洗脚的地方！"就到了一家"洗脚屋"，却见门口冷清清的。一看手表，还不到六点。就是说，洗脚的时间还没有到呢。管他呢，进去再说。就进去了。

　　这个洗脚屋是个很深的院子，洗脚女们正在后院里围着一张劣质大理石圆桌吃饭呢。她们穿着清一色的红色工作服，吃的也是清一色的面皮。

　　"先生，你找人还是洗脚？"两腿短粗的女老板说。

　　"洗脚。"

　　"嘿，你这样的小伙子来洗脚，稀奇，稀奇！大学生吧？"

　　"洗，还是不洗？"我有点躁了。好像我没洗过脚似的。

　　"小姐多半都在这里，你点吧。"

"就她。"我指了指那个我方才一进来就看中了的女子。她是那么健康。她的肤色宛若雨后的斜阳投射在一朵乌云上。

"我才不给小孩子洗脚呢。"

小孩子？我都二十三岁了，肖洛霍夫二十三岁写出了《静静的顿河》，曹禺二十三岁写出了《雷雨》，只有我没出息，啥好东西也没写出来。但你也不能就此认为我是个孩子呀！不过这话只能想想，说出来她肯定不懂。

"小孩子嘛，洗啥脚呢。"

她重复了一遍，端起面皮碗，侧身对着我吃，一副不想再搭理我的样子。她一侧身，我便看见了她那迷人的胸部曲线。我的身体有了反应，我的两束目光幻化成两只飞翔的手。飞过去，紧紧地搂住了她的胸膛。

我不想让自个儿显得没见识，就掏出县长送我的烟，点了一支。我猛吸了一口，呛得连连咳嗽了三声。然后我说："不给洗了我就走，哪儿都是个洗。"见我转身欲走的样子，老板娘立刻拦住我，拧头对那女子说："葱儿，你忘了咱的制度？咱永远只能被客人挑选，而永远没有挑选客人的权利！"

名叫葱儿的女子拧过头来，满脸喜色："我逗他玩哩。"又噘了噘嘴，做出个怪样儿，像小鸭子撺水时颤悠在水面上的、刹那间消失的小屁股。

于是，我的生活被打开了，就像石榴被剥开一样，它绽露出一种鲜嫩粉红，仿佛风中的仙女裙摆。

在她给我洗脚时，我始终没有暴露我的记者身份。但是，几次差点没克制住。我觉得我的虚荣心还挺强的。我只是撒谎说我是某公司的推销员。

"你为什么不愿意给我洗脚？"

"你和我同龄人啊。"

"同龄人就不能洗了？"

"除非他病得不行了。我给别人洗脚，心里就想：我这不是给哪个陌生男人洗脚，我是给我爷、我爸、我叔洗脚哩，我在尽孝哩。这样想了，心里就顺了。"

包间里有五个沙发，因为还没有到来客的高峰时间，所以只躺着我一个人。葱儿给我洗脚时，我总是联想到小时候，腊月间我母亲烙猪蹄的画面。只是我母亲的手粗糙，而葱儿的手细白精巧。当她给我揉胳膊捶腿时，我忍不住去捏她的手，但她总是笑着躲避掉。

"你在我身上到处胡摸乱拍，我为什么就不能摸摸你的手呢？"

"那是两回事。"

"你看这样行不行，你今儿给我洗脚，我一会儿给你洗脚，我就不用付钱，两清了怎么样？"

"你倒想得美……除非你付双倍的钱！"

"这可没一点儿道理啦。"

"咋没道理？"她脱了袜子，将脚抬起来。"女人的脚都难看，但是你见过我这么好看的脚吗？"

我惊呆了，我确实不曾见过如此光洁精致的女脚。我一直不喜欢夏天，一个主要原因是夏天的女人不穿袜子，而多半女人的脚，总是令人遗憾万分。

"洗我这样的脚，你能不掏钱？"

"行，我掏。"

"你掏钱了我也不让你洗。"

"为啥？"

"我身体好好的，又不残废，干吗要让你给洗呢？"

"那么，假如我向你求婚，你让不让我给你洗脚？"

葱儿的脸上忽然出现一朵惊红，但是惊红眨眼就消失了，代之而来的是嘲讽的微笑。

"你向我求婚？明说吧，我不答应。"

"那我倒要听听理由。"

"我要嫁的人，必须在六十岁以上，有存款，有大房子，有小卧车。"

"你就不嫌毁了自个儿的花样年华？"

"你没听我说完嘛，我要嫁的这个老头，我要让他累死在床上！然后，我把我的爱人叫来，过好日子啦！"

说完，她笑得直往后仰，我却听得毛骨悚然。不过这种场合，根本没什么正经话，于是我继续开着玩笑："我好伤心，因为你拒绝了我的求婚。"话说出后，我并不认为全是玩笑，而是真的有某种遗憾。

"我不会嫁你的。我怎么会嫁你呢？坐过来，给你按摩背。"

我就把自己的身子从沙发上抬起来，拧身坐到棉凳子上。葱儿从我的脑后伸过美丽的手，按摩我的额头。忽然，似乎是不经意间，把我的头往她的怀里揽去。我不是笨人，我就让自己的脑袋顺水推舟，舒舒服服往她胸上贴去。我这个动作缓慢体面……我的后脑勺逐渐感觉出一种温暖，一种渔船在春水里荡漾的温暖，一种在肥美的季节里，在故乡的打谷场上才有的，充满了沉醉稻香的温暖……

"瞧你这脑袋，胡晃悠啥哩！"葱儿笑着说，同时把我的头揽得更紧了，哄摇篮里的孩子睡觉似的，晃悠得更欢了。

"我不会嫁给你，但我知道你是个好人。"

这句话一下子让我感动起来。我们偶然相逢，仅仅因为一次"足疗保健"，满打满算一个小时，而且在没有任何证据、任何实践的情况下，她就给我鉴定了人生最宝贵的两个汉字——好人。

在我走过的人生路上，我从未获得过"好人"的评价。我所得到的评语是：这娃懂事早；这娃脾气有些犟；这小子有点自不量力；该生课堂上发言不积极，下来爱说怪话；考试成绩不稳定，要注意团结大多数同学……可以这么说，凡是对那些不好不坏中不溜秋的人的评价，我都得到过，却唯独没有人明确肯定地将"好人"二字送给我。

"葱儿，既然你说我是好人，那你也一定是好人。好人应该关心好人。"

葱儿瞪大了眼睛看着我，方才那种玩世不恭的，带着几分风尘味道的神气不见了。我掏出记者证（见习）让她看，又将脖子上的小玉佛像摘下来送给她。这是一个采访对象从五台山带回来的，声称是"开了光"的呢。

我将小玉佛给了葱儿，同时留下联系我的方式和渠道。自始至终，她只说了一句话、做了一件事：

"给，这是我的手机号。"

2

报社给我配了个最低档的手机。机子是拿广告版面换回来的，报社等于一个子儿没掏，却还要从我的工资里逐月扣除，这无异于绞尽脑汁地榨取我的血汗。不过我还是高兴，因为我毕竟由此也进入手机短信族了。我首先干的一件事是：让我的同事给我发几条短信，我再从中选择两条，分别转发给我的朋友，目的是告诉他们我有手机了。两条短信是：

一头大象追逐一条蛇，追到河边时，蛇窜进去不见了。恰在此时，岸边冒出一条蚯蚓。大象摁住蚯蚓问："小孩，你爹呢？"（请存本机号码，我是郭顺富）

　　泼水节上，一个人大骂："是哪个混球拿水泼老子？"有人忙扯他衣襟劝道："人家那是祝福你！"那人说："你晓得个屁，他泼的开水！"（请存本机号码，我是郭顺富）

　　我的名字实在平庸，它充分暴露了为我取名字的我老子的平庸，比什么建军、爱民、桂兰、丽莎等等的好不到哪去，甚至更俗气。将这类名字拿到任何一个派出所，都会毫不费力地调出一大堆来。而那些真正有钱的人，名字要多文雅有多文雅，丝毫不沾铜臭。

　　假如我现在改个名字，比如叫"郭介夫"或者"郭子熙"，你听听，真他娘的文化极了！这样的名字准能撞大运、发大财、出大名。可是来不及了，一是改名字得到公安局申请，很麻烦；二是就算改过来了，家乡人和母校师生，还是永远叫你的原名，同时嘲讽你进城没三天就改名字，改名字想咋？改了名字又能咋！

　　我还是啥也不改为好。我就把我老子给我取的笨蛋名字输进手机、缀到短信后面，再将两条短信分别发给不同的对象。第二条短信有些不雅，本不宜发给女人。但我却一点儿也没思量的，就把它发给了葱儿。洗脚女虽然多半是未婚姑娘，但是她们为了取悦顾客，总是要不断地给顾客们讲黄段子的。她们的手机，也主要是用于交流黄段子的。黄段子之于洗脚女，一如黄段子之于导游，那都是他们业务水平的有机构成部分，当然，这也可能是我的个人偏见。

　　果然，葱儿一接到我的短信，当即回发了三条段子，那个黄劲儿，比薛蟠的"女儿诗"还过分，连我这一向脸厚的人也都不好意思形诸文字。我很希望她能给我来个电话，但她始终没有来。心里难免生气：你一个洗脚女，而我是大记者，给你个高攀的机会你反倒拿起架子了！不灵活啊。

从报社回我的"公寓"八站路程，中途倒一次车，共花两块钱，累计下来，我每月需花交通费一百多块。三十块钱买了个旧自行车，用了不到三天就丢了。如果在报社附近租房，就不用来回跑了，只是房价得多出近二百元。所以还是跑吧。至于采访，领导派去的，报销出租票；自己采访的，稿子见报后，按字数报销车费，千字十五元。有些采访也享受车接车送的待遇，只是这种采访的对象，全是些需要歌功颂德的人或单位，稿子很难发出来。

下班回"公寓"，倒车时很少有不等待的时候。就靠着站牌，看前面的十字路口，看那红绿灯，就像看怪兽的眼睛。红灯亮一分钟，灭了，绿灯接着亮一分钟，又灭了。在这一分钟里，南来北往的小车，我数了数，在六十辆左右，平均一秒钟过一辆哪。而在我的老家，在那条山间公路上，每天大约能过两次车，而且全是烧柴油的力气小、声音大的农用车……可是眼前，这么多的"屎巴牛"，都是谁的呢？它们档次不同，价格也不同，有五六万元的，有三、五十万元的。拉平了算吧，一辆车十五万，六十辆车就等于九百万元，一分钟有九百万元从我眼皮底下流过，而我的身上，连九百块钱都不到。这就是说，一分钟流过的财富，属于我的不足万分之一！

可是我还年轻，我对我的未来充满了信心。我梦想着有朝一日，我会拥有十五万的，我会拥有"一秒钟财富"的！当我有了财富，我就专门把葱儿招聘到跟前，让她专门给我洗脚。她原来挣多少钱？比如每月挣一千二百元，那我就给她一千四百元，还要给她加一百元的书报费。人怎能不读书看报呢？我不可能一天到晚让她给我洗脚，她剩下的时间必须给我读书看报！她固然是个非常靓丽的姑娘，但是靓丽实际上正在被时间这把钝器悄悄地磨去光泽，这一点她肯定不知道，她肯定忘乎所以地陶醉在她的靓丽中。如果她读书、读了很多书，那她就会明白这个道理。我还要告诉她：适当地读些书，更具有奇异的美容效果。人最生动的是脸蛋，脸蛋上最生动的，又是两只眼睛。眼睛的合围，可以有皱纹，眼睛的水色也迟早要浑浊，但是眼神，如果被书籍滋养美化过，那么就永远不会衰老，即便衰老了，它也会保留住某些足以与少女抗衡的魅力。

我在等车、乘车的间歇，为自己落实了一项任务：我要改变葱儿的生活！她说我是"好人"，那我就要对得起"好人"这个评价，我要让她在某一天惊奇地发现——她无意间说的"好人"二字，获得了何等巨额的回报！

我回到"公寓"后，就给葱儿发了一条手机短信："如果你想改变命运的话，请回信，并考虑见次面。"信一发出就后悔，我有何能耐改变她的命运？好在她回信说："想糊弄我占我的便宜？你还太嫩呐，嘿嘿。"我气坏了，怎么能如此不知好歹、如此玩世不恭呢？她大概是天天跟顾客打情骂俏、逢场作戏惯了，所以面对某个真心关怀，也以为是搞笑呢。既然如此，我就先跟她搞着笑："我向你求婚的事，你考虑好了没有？"回信："先把你的一百万存折拿来，我看了再说。"

"钱不是人生的一切。"

"可是，人生的一切是钱哪。"

"你能不能正经点儿？"

"嘿嘿。"

"吃了没有？这个问题俗气。"

"没吃。"

"为何？怕胖？"

"晚饭基本不吃主食，只吃少量的菜。水果大量。是怕胖（但是该胖的地方还是要鼓励）。"

"呀，我的脑袋发烧啦……不闲扯了，一条信息一毛钱哪。"

"好吧，咱别傻乎乎地给电信局扔钱了！"

我晚上睡了个好觉，因为有个人可以和我短信聊天了，我的寂寞有所减缓了。但这事得保密，传扬出去不好，传到报社尤其掉价。不过，如果将漂亮的葱儿娶为老婆，随之永远离开这个城市，那也是很不错的。睡前我想，葱儿最好到我的梦中来，两个人赤条条地放纵一回，岂不"真是乐死人呐真是乐死人"……

我那天正在去北郊采访的路上，却接到葱儿的短信："请你马上赶到××门外的护城河边，有要事帮忙。"小娘儿们捉弄我呢，我可没这个闲工夫。"别开玩笑，我正采访呢。"我回信道。报社接到一个热线电话，说北郊某村某家的一头母猪，从未交配过却下崽了，算不算新闻？应该算新闻，但是比较麻烦，谁能证明那头母猪没有交配过呢？别急，关键是那头母猪下的是羊崽！这且不说，最最新闻的是，那头纯洁的处女猪下了一只双头小羊崽！

葱儿的短信来了："我这回不是开玩笑。你若半小时不到，我就跳下护城河了！"你看这娘儿们，真麻烦！想想看，这么一个重大新闻，报社里的人，包括乔老师这样的聪明人在内，都认为这是个愚人节式的热线电话，是个来自某位被我们得罪了的读者的恶作剧。可我不这么认为，因为哲学书让我明白一个真理：世界上永远存在着你想象不到的事。而你，作为人类的一个个体，本身就是世界的一个怪胎，你又怎能不承认或者不允许世界上还有其他的怪胎呢？再说，不是一直强调要眼见为实嘛。别说是猪下羊崽，猪就是下猫崽甚至下汉堡、下鸵鸟蛋、下降落伞，在你没有现场目击之前，你都没有资格说出"不可能"这三个字！

可是，偏偏在这个有可能使《骋远报》发行量猛增、有可能使我一举成名、有可能对生物遗传学产生划时代影响的重大事件即将发生的时刻，一个女人却接二连三地发来短信："你到哪了？你就不能救我一命?!"瞬间，我的大脑进入激烈的斗争中。一边是我可能的名爆天下，一边事关一个洗脚女的生死，第三边是猪下羊这个奇闻，我该怎么办？从宇宙的角度来看，人也好猪也罢，包括羊和鸵鸟等等的生物在内，都是众生平等的，一句话，都是"上帝的宠物"，根本不应该偏爱谁或者不偏爱谁；问题是，当利害冲突发生时，一般而言，生物们总是站在自己的同类一边。也就是说，当我得知一个年轻的女子——纵然是一个为无耻的男人们洗脚的女子——因某种原因而寻死觅活时，我的抉择是当机立断做出的。我应该放弃对于猪呀羊呀的关注，把心思迅速转移到我的同类上。

公共车还没停稳，我就跳了下来。我招了一辆出租，往××门赶去。在车里，我给葱儿发了个短信："亲爱的，我马上就到！"这是我平生第一次向一个异性、一个专让别人的臭脚丫子舒服的女子使用"亲爱的"这如此芬芳的三个字，我的心中充满了一种类似解救人质的豪迈感。我觉得自己非常崇高。一个记者，一个"无冕之王"，去解救一个女子，这女子仅仅给他洗了一次脚，而且他给她付了钱，他和她除了仅有的一次消费与服务活动外，其实再无半句话可说了……我高尚啊……

其实我的高尚中还是包含着某些私欲的。我来到这个城市谋生，渴望出名发财。可是这个城市并不需要我，我来了，或者我又走了，完全像某个过客的一个喷嚏，一秒钟的响声，一秒钟后又消失了，绝不会产生丝毫的影响，也更不会引起半个人的关注。可是这个葱儿，她却让我觉得我在这一刻是如此重要，至少，我现在业已丧失了自杀的权利——我死了，葱儿怎么办？

出租车停到××门外，我跳下来，一进环城公园的栅栏门，就看见了坐在石头上的葱儿。见我来了，她猛地把头一迈，后脑勺对着我，显然是对我的晚到十分生气。我不由得笑了，走上前去，将那耷拉在她肩上的几根泛黄的垂柳拿开。

我说："嫌我迟到了？我就是迟到了，我就是不来，你也没权利生我的气呀！"

她拧过脸来："我不是生你的气，我怎么能生一个孩子的气呢。"她的脸有点儿不正常的红润，眼睛微微显出一些虚肿。

"既然你老把我看成一个孩子，干吗叫我来？一个孩子能帮你什么忙？"我这回真的生气了。

"你就不能忍一下？虽说你是个孩子，可你终究是个男人哪！"女人天生能说会道，翻来倒去都是她们有理。再说我又看见了她挂在胸前的小玉佛——那是"好人"的回报。

"好吧，你说，出了什么事？要我帮什么忙？"

"你往这儿来，坐好，我给你说。"

她原本坐在一块高石头上，现在她往跟前的矮石头上一溜，这个动作让我想起受了莫大委屈的新娘回到了娘家。我照她的要求，便坐在了她方才坐过的高石头上。"你再往过拧一下。"她让我侧面朝着她，这样，她的脑袋就刚好与我的腹部处在同一水平线上了。接着，她又将我的双腿并拢，随之将她的脑袋埋进我的腿面，呜呜呜地哭开了。

在正式开哭之前，她首先从包里拿出几小袋餐巾纸放在手边的石头上。现在，她的一只手在我的腿面上摩挲着，我能感觉出这只摩挲的手正在向我诉说某种我眼下还不知道的伤痛；另一只手则时不时地摸索着取餐巾纸擦眼泪，因为她始终没有抬起头。当她取餐巾纸时，我发现她的手精巧匀称，指甲的轮廓有点像银杏树叶的轮廓，在手背那白皙的皮肤下，隐约起伏着三条血管，像三条靛蓝色的、微缩的河流，而河流两岸，又是一行一行的，排列有序、深浅得当的纹络，像卫星图片里的广阔平原上的阡陌小路。当我从漫想的恍惚中返回时，当我能够再次气定神闲时，我才重新发现激起我幻觉的东西——原来是近在咫尺的这只手，这只长在女子胳膊上的美丽的手！

——这只手，这只漂亮的小手，应该是琵琶的芳邻，应该与放风筝的线连在一起，应该招摇在追光灯下与明星共舞，应该像蝴蝶一样翻飞在电脑键盘上，最起码，它也应该出现在银行玻璃柜台上的点钞机旁……可惜这些全是假设！活生生的事实是，如此令人赞叹赏爱的手，却用来给他人洗脚，包括给我这样不知羞耻的男人洗脚！她能不哭吗？不一会儿，地上就出现了一团团的，饱含着她的泪水的餐巾纸，就像是使用过的，摆放在高档餐桌上的消毒毛巾。

她哭得那样伤心，那样富有节奏感。她的肩膀在抽搐，她的胸脯在筛动喘息，像棉团又像两只晃动的、急于突围的鸽子，一阵阵我无以形容的冲动，像旋起的龙卷风似的，从我的腿部向我的周身窜流回环。我在拼命克制自己，因为我知道，我现在的这种冲动是不合适的，甚至是邪恶的。这使我想起多年前参加的一次追悼会，那是我的物理老师，他去世了，亲人们都在痛哭流泪，但我当时非常奇怪，我真心希望自己伤心可就是伤心不起来。更为可耻的是，我的眼睛居然一直盯着我老师的女儿的侧影，她那双修长的腿，深深地迷住了我，那腿与腰间勾勒出的S形屁股，又令我的脑海噼里啪啦地爆发出绚丽的焰火……

"葱儿，到底是什么事？你讲出来嘛！"

我必须再次强调这句话，尽管这句话我已经说了四遍，我重复这句话也是为了转移我身体里的不体面的骚动。但她还是哭个不休。我不害怕打，也不害怕骂，但是我害怕哭。哭什么呢？死了爹还是死了娘？老板没给你工钱吗？是哪个客人侮辱了你吗？还是谁把你哄到宾馆里灌醉后……

我的脑子展开一幅幅关于年轻女子进城后可能发生的连动的画面。"我最后重复一遍：你说出来吧，我是记者，我能为你帮忙！"

"我要你帮什么忙？"她终于抬起了头，"我没有什么忙要你帮呀。"她用餐巾纸捂着鼻子和脸，只用眼睛和语音跟我说话。我要她拿开餐巾纸，别遮遮掩掩的，还以为她脸上受伤了呢。

"你不懂，人哭的时候，鼻子嘴巴特别难看。"她的这句话让我好笑，既然嫌难看，那就别哭呀。不过她这句话说完后，情绪有点儿好转了，于是说："你又不是我的亲人，就算是我的亲人，给你说了又能起什么作用呢。"

"那你叫我来干吗呀?!"我想我恐怕要发怒了。

"要帮的忙你已经帮了。我从甘肃来这里，大半年了，没有回一次家。我就想……就想伏在一个人身上，畅畅快快地哭一场。"

我难以相信她说的是真话。我判断她绝对是经受了什么事故，只是这事故难以启齿。见我依旧困惑地看着她，她说：

"一个人哭着过不了瘾嘛。"

葱儿将她的皮包（时髦的叫法是"手袋"）交我保管，因为她要挑个带水龙头的公厕。我想她大概是要拿水整理整理刚刚形成在脸上的哭容泪痕。人在大哭之后，脸上就会出现某种泥石流席卷过后的景观，恢复常态是需要好生修饰的。

当时的环城公园游人不太多，因为在下午上班时间。公园里主要是些退休的老年男女，他们三五成群地围成一堆，或打牌，或唱老戏。偶尔也从某个僻静处，发现一对"黄昏夕阳婚外情"。一个收破烂的，躺在树荫下的石子甬路上睡觉，他的脑袋下枕了张废报纸，报纸上一个醒目的标题是：《女明星跳楼香消玉殒　五千万遗产谁人可继》。我忍不住走上前去，将这篇文章读了半截。如此多的钱还要跳楼，不知道谁能把这样的疑惑给收破烂的讲清楚。过去进公园要掏一块钱门票，新市长上任后，取消了这个规矩，否则，收破烂的决不会花钱进来的。他身旁斜支着他的劳动工具——一辆油漆剥落、辐条扭曲的自行车，车上当然是没有锁子的，车梁上搭了一条破麻袋，麻袋上有两处颜色不同、巴掌大小的补丁。我判断从六十岁到七十岁之间的，随便的某一个岁数，对他都合适。他的衣衫像拍电影时特意定做的难民装，脸色有如霉变的西红柿，眼睛被皱褶合围，于是那睡着了的眼睛就像是包裹在核桃壳里一样。但是这些，丝毫没有影响这张脸上所洋溢出来的坦然满足的气象，丝毫看不出要跳楼的征兆，如此的神情气象表明：他正处在一个好梦里，或许梦见了他的乡下老伴，或许梦见了令人直淌口水的一圈肥猪，或许梦见了他即将娶进门槛的幺儿媳妇。一只小蝴蝶，指甲盖大的小蝴蝶，落到收破烂的胳膊上，那胳膊青筋暴露肤色黝黑还能吸引蝴蝶，也算是个奇迹。小蝴蝶稍停即起，又飞落到收破烂的那丛稀疏半白的胡须上……

葱儿走出掩映在绿荫里的公厕，脸上挂着释然甜美的微笑，背后是夕阳为她描绘的长长的影子。她伸过双手，从我手里接过她的"手袋"。她一只手接，另只手似乎是无意、其实我后来回味那是很有意很亲昵地，仅仅用她的两根指头捏了捏我的大拇指。

"女人每月，总有几天情绪不好。"她忽然一个滑稽的眼神，一副知音难觅的样子，可还是笑着说了："说出来你也不懂，算啦！"

"你别瞎神秘，"我说，"让我到妇产医院工作，三个月就成了专家。"

"哟！哟！"她的眼睛像是看见了飞碟，"你是医学院毕业的？"

我不过是吹吹牛而已。但是对于女人呀性呀什么的，我自以为丰富渊博，因为获得这方面知识的渠道，早已泛滥成灾了。可眼前的这个女子呢，居然把我当外行！小看人不说了，简直不够朋友。

"你是记者嘛，你什么不懂。"她噘了噘嘴，显出一个小女人的神情，"你今天帮了我，哪天我请你吃饭，说，你爱吃什么？"

"天天在外面吃，腻了，也不知道想吃啥。"

"这样吧，喂，"她露出些许的眼白，表明她边想边说，"你租的房子能不能做饭？"

"能。"我现场撒了个谎。

"那好，哪天中午我来给你做回饭。"

稍后又解释道："我晚上没空。"

第二天，我从三个跟我一样招聘来的记者身上，凑合着借了五百块钱。我买了煤气罐和煤气灶，自然还买了碗筷刀、油盐醋等等为嘴效劳的小家什小佐料。"公寓"里的其他摆设，桌床椅，台灯，还有那些不起眼但也得拿钱换的小东西，均是那次乔老师送我的一千元红包换来的。墙上挂的那只黑管，是我从一个收破烂的手上，花了八十元买来的。"你小子拾便宜喽，"乔老师当即吹了一曲法国的什么小调，"这个牌子的玩意到乐器店里买，得这个数——"他竖起那根被烟熏黄了的食指。"一百元？""一千哪瓜娃！"

乔老师把玩了半天黑管，分明有觊觎之意，可我硬是装作不明白。按说乔老师对我有恩，一根实际花了八十元的黑管送他也就是了，可我当时就是大方不了。我想乔老师是功成名就人士，他还缺这么个来自破烂手中的黑管子吗？其实我压根儿不懂音乐，"公寓"里悬挂一根"带金腰的黑管"，全他妈为了装潢风雅，同时瞎猜想，这玩意儿代表着音乐，音乐又象征着才华，而才华又最能吸引姑娘。

提前两天，我就约了葱儿：中秋节的午餐，我们将在我的"公寓"里一块儿吃，当然首先要一块儿做。可是中秋节真的来了，报社却通知集体会餐。会餐是个名，真正的目的是社长总编要借机发表演讲。有些当领导的，几天不给人讲话，舌头就起泡啦。

我借口说老家来人要招待，早早地溜了。我要去菜场买菜。沿途所看见的人，几乎都提了一包甚至几包月饼。而从每一辆车后的玻璃望进去，也能看见里面装着月饼。我不大喜欢甜食，虽然中秋节里终归得吃月饼。报社发了两盒，有我和葱儿吃的就行了。

时间尚早，菜场里的人不是很多，买菜人只有几对退休模样的老头老太，多数则是卖菜的。三轮车夫在帮着卖菜人卸菜。卖菜人多为三十岁左右的妇女，一看衣着模样，便知其来自乡下。她们有两大特点，一是健壮，不健壮干不了这活；二是长相一般，如果漂亮也不来干这活。此时的蔬菜水果，红是红来绿是绿，嫩悠悠水灵灵，如春季里的雨后，不，就如我想象里的，阳光下的热带海洋里的景色。

我买了三大袋菜，根本没有讲价钱。男人怎能跟卖菜的村妇们讨价还价呢。我拎着菜，心情愉快地往回走。走到一家茶馆门前，我停住了。茶馆门口摆放着一溜花篮，看样子准备举行开张仪式，因为管乐队的人不断地出出进进，大约在恭候什么重要的人物出场了才开始。这时候，从门里出来两个红旗袍女子，高个头挺胸脯，两人展开一条横幅挂在门旁，上面的字是"美髯书法大师何芙良现场表演"。接着几个人抬出书案，铺了毡，摆上文房四宝——同时，只听咕咚一声，管乐队猛地呜啦开了，差点将耳膜震破。细一听，《今天是个好日子》呀。

何芙良大师是谁？"美髯书法"又是何等玩意？从字面看，大概是个长胡子书法家吧。不管怎么说，身为一个记者，不懂这些是不应该的。我将三袋菜蹲在电杆下，也就凑了上去看它个究竟。但见一个大鼻子站在书案后，挥着双手，一只手让大家散开，另一只手上的食指指挥着两边的乐队，末了食指在空中一卷——音乐戛然终止。

"欢迎各位嘉宾光临我们茶馆，"大鼻子的神情异常兴奋，"我们要特别欢迎美髯大师前来助兴，音乐响起来，掌声欢迎大师闪、亮、登、场！"

于是，从茶馆的门里，出来了一个光头男人，形体圆墩墩的，在一帮美女的簇拥下。明明说的是"美髯大师"么，怎么整出个秃驴？只见他走到案前，先看了看对着他的摄像镜头，然后抬起头偏了脖子，冲着早晨十点半的太阳，抽皱鼻翼歪咧嘴角——"阿嚏——爷——！"一个响亮的喷嚏，将案上的宣纸打得卷飞起来，当即博得一片喝彩。

"来，"大鼻子抱来一堆大小、粗细、长短不等的毛笔，"请大师表演书法，大家鼓掌！"一阵掌声过后，大师说："我有自带的笔。"说着，手伸进裤兜，掏出来却是个手机。掰开手机拨号，说："咋回事？说好了时间嘛，大家都等着呢，快点！"话音刚落，一辆出租停到门前，下来个长胡子男人。那胡子足有一尺五寸长，多半白了，眉毛头发却黑油油的，眼睛更是炯炯发光，于是谁也弄不清他的年龄了，能有的只是惊诧。大家不由自主地闪开。

长胡子刚走到案前，秃头就对大鼻子说："拿个脸盆来，这些小砚怎么行呢，倒半盆墨汁！"就撤下砚，换上半盆墨汁。但见秃头伸手拽过胡子，一下子濡进墨盆，往宣纸面上一提，唰、唰、唰，一笔绾成一个巨大的"虎"字，于是赞叹、掌声、喝彩响成一片……

我感慨万端，亲眼目击了天才人物的天才表演。我要记下来，写篇报道，尤其不能漏掉的是：开写之前，我往跟前挤，里边往外掀，结果就浪到大师背后了，于是我看见了大师们的生动的背影——写的时候，秃头与长胡子的后脑勺，配合得那么默契，那么天衣无缝，就像奥运会上双人跳水似的，这是怎样的磨炼才换来的呀……可是忽然，我泄气了，因为我从人堆里发现了娱乐记者的小脑袋。是呀，这样的场合，怎能少了《骋远报》的记者呢，我再写报道有什么用呢。

我扫兴地离开了人堆，发觉我放在电杆下的三塑料袋蔬菜，那装着火腿肠与四川熏肉的袋子，被人顺手牵羊了！

此时我才发现，我的手机里积存了三条信息，全是葱儿发来的。她已经到了我的"公寓"，等了许久呢。我急忙跑回去，进院门一抬头，发现她手扶二楼的护栏，很不高兴地说："你也真是，好容易来给你当一次老婆，你倒不见影儿了！"我一步三个台阶地跨上楼去，见她穿着藏青色的短袖，白色的裤子。脖子上依然挂着我送她的小玉佛。我大前天就西服外套了，她还是短袖，不嫌凉呢。其实是我不知道，女人如果身材苗条、皮肤光洁的话，那是能裸露多久就要裸露多久的。

她也提了一袋东西，黄瓜、西红柿、小蜜橘，还有馒头大的两个石榴。她剥了个小点的石榴，要我张开嘴，她要一粒一粒地往我嘴里丢。

"我，今天觉得，好像是，结、结了婚似的。"

"哟，这么便宜就结了婚呀。"

然后我俩分了工：水龙头在一楼的院子里，由我下去洗菜；她在屋里拿脸盆给我搓床单。菜洗好了，拿上去交她炒做，我再将床单拿下来冲涮干净。

可是，当我洗菜时，我忽然想到一个非常糟糕、难以收场的问题。我想到了葱儿的手。不错，那是一双洁白可爱的小手，可那又是一双为无数男人洗过脚的手啊！那都是些什么男人呢？也许他们多半是正派的人，是劳动者、建设者，可是谁又能说他们中间没有赃官、嫖客、赌徒、瘾君子、杀人犯呢？这且不说，就算他们全是些灵魂高尚、心地善良的人，那你又怎能保证他们的臭脚上没有脚气、脚汗、脚鸡眼、脚梅毒呢？用一双经常与那类东西做"搓肉运动"的手，再来操厨烹调，你吃得下去吗？

不，事已至此，说什么我也得往下吃！我若不吃，葱儿会怎么想？她肯定会猜出我不吃的原因。她是那么一个明朗干净的姑娘，那是你一眼望去就可得出的印象。她每次洗脚结束，肯定要用肥皂、洗洁精、消毒液一遍又一遍地清洗自己的手。她的手绝对洁净异常，如果她的手做出的饭不能吃，那么殡仪馆的人、肛肠医院的大夫、传染病院的专家、公安局的法医、往返垃圾场的环卫司机等等，难道他们永远丧失了走进厨房的资格吗?!

我真是可笑愚昧！全中国有上千万的洗脚女，如果都跟我这么胡乱联想……是的，这么联想不仅是错误的，简直是彻头彻尾的无耻！只是，"脚气、脚汗、脚鸡眼、脚梅毒"这些令人作呕的字眼，怎么也不能从我的脑海里立即冲刷掉，我必须强迫自己马上忘掉它们，权当人类的语言里压根儿就不曾出现过这些字符；可事实上我越是这么想，它们越是像经过了万能胶的浸泡一样，死死地扒住我的脑仁缝隙不愿离开！

"顺富，"葱儿喊道，"你都准备的啥嘛！"

我扔下没有涮清水的床单，跑到楼上，但见桌上放了四大四小八个盘子，每个盘子都放满了待炒的生菜，看上去十分悦目，中间的大盘子的色调，恰与眼下的季节吻合——如一簇簇灿烂的枫叶。事后我回想起那一刻，什么"脚气、脚汗、脚鸡眼、脚梅毒"之类倒胃口的字眼，一下子消失得无影无踪。

"瞧你准备的家伙！"葱儿咔嗒、咔嗒地打煤气灶，就是打不着。我拧开阀门，凑上鼻子一闻——罐里压根儿没气。这就怪了，我扛回来时，实验了呀。"你甭急，"我对葱儿说，"我马上去找他们，不远！"我拔了管子，扛起罐就下楼。可是，当我扛到煤气店时，煤气店早换了招牌，改成花圈寿衣店啦。我问了跟前仅有的两男一女，他们谁也说不出煤气店搬到何处了。

我回到"公寓"，见葱儿垂头丧气地坐在我的床沿上。面对桌上的一簇簇"枫叶"，我脑子里忽然就冒出"脚气、脚汗、脚鸡眼、脚梅毒"这些词，于是暗暗庆幸：多亏没煤气，真要弄出一桌菜来，那情景是难以想象的。

"葱儿，"我双手握住她的一只手，"有啥呢，咱有月饼吃么！"

"看来，我想给你做一顿饭，没命哪。"

说毕，她从脖上取下小玉佛，要还我。

3

我当然没有接回我原已赠送给葱儿的玉佛。我能看出，她大概给小玉佛附加了某种特别的内容，比方说，她可能认为它是一个"爱情信物"。而我，并没有如此明确的想法。我当时送她玉佛，完全因为她说我是"好人"。我是即兴式的，多少带了一点"知恩图报"的色彩。说心里话，我以为就我的"条件"，至少就我未来的发展趋势，大致比她好些，也就是说，我应该获得比她更优秀的姑娘的爱情。

但我也要坦率地承认：葱儿的容貌无可挑剔，配我是绰绰有余的。关键在于她是个洗脚的！干吗偏偏要洗脚呢？真他妈讨厌！如果她是个护士、营业员，哪怕是个保姆或者是个家政公司的清洁女工，那也行呀，我也会畅畅快快地爱她呀。我不是说我不爱她，我是说假如我娶了她，怎么给我的家人亲友介绍呢？家人亲友满以为你大学毕业到了城里干了多大的事，结果却娶了个洗脚的老婆回来！就算你咬牙挺过这一关，那么你未来的日子也不好过：比如某个周末节假日，约好了他或是她来家里吃饭，结果人家一来，发现女主人曾给他们洗过脚，那会怎样呢？实在无法想象。

那就暂时不想也罢。紧接着发生了一件事，让我转移了视线。还是中秋节的那天。由于和葱儿未能共进午餐，我俩就分吃了一盒月饼，喝了些开水完事。然后我俩分手了，谁也没兴趣建议晚上再相聚赏月了。我到了报社，正逢报社继续给大家发放节日礼品，无非是些巴结嘴的东西：石榴、果茶、白砂糖、肘子（女性可选择化妆品或者卫生巾）等等。我原本不想领这些东西的，以为它们没什么用处。可是，生性马大哈的乔老师对我说："去领嘛，东西不值钱，却是个待遇呢。"所以我就去了。

由于报社人多，礼品就分开了领：一个摊子只摆一样东西，一字儿排开了一溜摊子，仿佛当年到大学报到时的情景。第一个摊子领取石榴，我就走上前去。我前面一个领到手的，当场打开了纸箱，颇为嘲讽地说："这么大个箱子，才装了四个石榴！"这人好赖也是个站着撒尿的汉子，却如此斤斤计较，实在让人看他不起。

我呢，搬起一箱子就走。可是还没走十步，背后就响起一声吆喝："喂，喂，回来！"我拧回身，见是个脸如橘子皮的女人。"说你哪！"她一手拿笔，一手晃动着本子。我很好奇地退回原地，笑着问她："什么事呀？""也不签个字就搬走，让我们怎么交账！""喔！"心想真麻烦。可是，登记簿上没有我的名字。

"你是何时进报社的？"

"快两个月了。"

"那你干吗来领？不知道这是正式人员的吗？放下，走人！"

我当时一愣，紧接着血液涌上脑门。当我将那仅仅装了四个石榴的纸箱放回原处，当我再把腰抬起来时，我的眼睛一下子什么也看不见了，差点栽倒在地上……

这真是奇耻大辱！我知道我是招聘的，我也知道总编在欢迎我们的会上所说的"招聘的和正式的一律同等对待"仅仅是面子上的话，可我并没有想到招聘的和正式的原来还有这么一种差别。

我跑上街头，心里堵得慌。我想我当时的脸色一定难看极了，因为眼睛是眼睛的镜子，当我的眼睛和对面来人的眼睛对视，对面人的眼睛马上显出某种紧张甚至是恐惧，瞬间就将视线转移到别处了。这让我更加愤怒，他们居然连一点点安慰我的意思也没有！于是我偏要和迎面的人对视，偏要满怀敌意地捕捉他们的眼睛。我发现他们非常胆怯，非常害怕和我的目光相遇。这使我获得某种快意，但我仍无法将我的积怨完美地发泄出去。

我浪荡到一处挖街道的地方，随手拾了半截砖，很想将什么东西砸一下。这条路我熟悉，两个月之内就挖了两次，为什么不能挖一次便将所有的管子埋进去呢？这是哪些狗杂种的主意？他们拿了多少回扣？一辆推土机正笨拙地在马路中央掉头，于是就堵了一溜车。一个脏兮兮的男人手上端着一个破瓷碗，顺着堵车讨要，脑袋如鸡啄米似的不住地向小车里的人行乞。但是他的表演由于缺乏观赏价值，所以回报甚微。当他快要接近那辆白色的宝马时，宝马的玻璃立刻升上去了。

我一下子火冒三丈，挥舞着半截砖冲上去——那玻璃摇下三指宽，里边的那只手哆嗦着，还戴着钻戒呢，那张大嘴巴同时呜啦道："兄、兄弟，好商量！好商、量，兄弟！"赶快从上衣口袋摸出一张钞票，也不管大小，也来不及挑选，就塞了出来——刚好掉进乞丐伸上前的破瓷碗里。车里的人说："都有父亲嘛，都有……"车子飞速地开走了。

乞丐兴奋地看看碗里的那张面值五十元的钞票，又无所适从地看看我，目光就这么从我的脸上移到他的碗里，再从他的碗里飘到我的脸上，显然被这惊人的一幕弄蒙了。"哎哎，咱俩咋分呢？咋分哩！"我忽然想起宝马车误以为我跟这个乞丐是父子俩，简直窝囊坏了！你瞧他那张脸，那张仿佛三个月未洗过的脸，那么猥琐卑下、毫无尊严、谄媚傻笑！一个城市无论多么优美，只要出现三张这样的脸，那就等于将这个城市的脸面毁了容！

"你说咋分呢？反正，我身上没零钱。"

这时候，一些人朝跟前围来，我一挥砖头喊道："都闪远些！"他们迅速趔开了，乞丐又重复了俩字"咋分"，我大吼一声"滚！"他马上缩起肩膀，几乎是小跑着溜了。望着他那卑劣的背影，我突然觉得我父亲，也就是我老子，那个当着副乡长的男人，原来是那样的高尚、体面，说他是个美男子一点也不过分！

我的心情稍微好转了，就把半截砖扔到瓦砾堆上。但是我刚离开几步，就被两个警察前后夹住了。"小子，你刚才是否要劫车？"说话的警察眼睛挺小。我当即明白了：宝马走时，我看见那戴钻戒的手把手机贴上了耳朵，肯定是报告了110。于是我对他说："刚才那辆宝马，不给乞丐钱也罢了，可他不该给乞丐唾了一脸口水！"我都奇怪我还有临场编谎的才华。"嘿嘿，你爸跑哪了？""什么？"那该死的宝马，公然认为我是乞丐的儿子！"不像呀。"嘴唇厚的警察说。

麻烦哪，我得走为上策。于是我拿出记者证，说："你们看，我是记者，这事根本与我无关，我只是一时激动，看不惯宝马的德行，批评了他几句而已。"警察交换着看了记者证，马上微笑道："误会误会，对不起！请你理解，治安问题大哩。"我也当即大度了，说了些当警察挺不容易的话。我们热烈地握了手，随后就老朋友似的分别了。

我走了几步，身后又补来一句话：

"郭大记者，祝你早日转正！"

是小眼睛警察。眼睛小却也贼亮；听上去是吉言，细一琢磨却暗含警告。厉害呀。从他那小眼睛里散发出的锐利的眼光来看，他依旧认为我"劫车"了，至少有劫车的嫌疑，他之所以放我走，完全是看在记者的分上，纵然是个见习记者。一般地说，我外出时不习惯使用记者证，一是嫌记者证上的"见习"二字碍眼；二是如今的记者，也早已不比传说里的记者那般神气了。

日子就这么往过流着，我的心情郁闷哀伤，就像这漫天飞舞的落叶一样，不知道飘向何处。如果我不上大学，兴许还好点，没准早成了父亲，还是双胞胎的父亲呢。反正我老子给我盖了四间新房，仅凭这一点，我可以娶到当地最殷实的人家的女儿。种地之余，我要将四周的山坡全部种上果树，或者中药材。房前屋后，遍栽花草树木。农暇时，也就是到了眼下的这个深秋季节，就把七里塘的汤师傅请来给我踩曲酿酒，酿几大瓮酒。到了四野皆白、雪埋万山的冬天，就把中学同学——他们没一个考上大学的——邀请到家里，通宵达旦地喝酒吃肉搓麻将……可是这些，已经变成梦中场景了，因为一个考上大学的人，再没有资格回故乡了，除非他腰缠万贯并且能够组织一个车队回家！

如果我当初学习好有天才，考进大城市里的名牌大学，家里也有条件供我考研读博的话，那我就不是眼下这个熊样了。我很可能操几国语言，整天在天上飞来飞去（也不知这辈子能否坐上飞机），一下飞机便有人捧着鲜花迎将上来……问题是我确实考上了大学，但是个半吊子大学，毕业不能回家，只好浪迹这个城市，像一片叶子飘到这里。

我往报社走的途中，惺惺相惜地拾了一把叶子。这些叶子，就是无数个像我一样的人，我要将它们带回我的"公寓"，我要安置它们，与它们互诉衷肠。踏上办公楼，在经过走廊时，我看见乔老师的办公室里，坐着两个漂亮的女孩子。乔老师是很招女孩子喜欢的，根本原因在于他很会讲笑话，而且是极有趣的笑话。他的相貌并不出众，却在沉静中有某些飘逸的风度，这就使得他在她们面前，除了具有魅力之外，还让她们觉得他是个可以信赖的人。

见我经过他的房门，他就把我叫了进去。我其实不想进去，因为正是由于他的粗枝大叶，才使我在中秋节里受了一场羞辱。

"小郭，这两位大三姑娘，来咱们报社实习的。"乔老师就是与众不同，不叫她们"小姐"，而叫她们"姑娘"，"姑娘"能不喜欢吗？"这位小郭，"他又对两位姑娘介绍我，"你们叫他小郭或者小郭老师都行。""郭老师好！"两位姑娘甜甜地叫道，弄得我挺窘迫，不知怎么反应。按说，连我自己都没转正，是根本没资格带实习生的，就因为实习生太多，便胡乱地安排给我了。"两位姑娘，你俩谁愿意跟着小郭老师实习？"两位姑娘看看我，又看看乔老师，最后相互看看。我觉得此时的我成了一件妇女用品，任人挑选，自个儿反倒没权利发表意见了。

出现了短暂的冷场。两个女学生都没看上我？还是都看上了不好意思先挑？"你也喜欢叶子？"乔老师忽然盯住我手上捏的叶子。"来，让我给上面题些字！"我就把叶子递给他，他将叶子全部平展在玻璃板上。"多漂亮！"他玻璃板下原本就压着一片叶子，"你们瞧，这是五年前的叶子，五年前的叶子，全世界还能找到几片呢？你们见过吗？"

我和俩姑娘都把脑袋凑上去，见那叶子上面写着"天意自古高难问"，然后是红印章，还真有点艺术品的味道。乔老师的脸上泛着得意之色，我们也由不得崇拜起来。

"请乔老师给我们一人写一个叶子，"皮肤偏黑的矮姑娘说。"过几年还能卖钱呢。"说这话的姑娘白白净净的，却有拍马屁之嫌。"你们想写什么内容呢？""我们哪能想出来呀！"乔老师就抱怨道："问我要字不怕，怕的是还要我动脑子想内容，麻烦！"哟，完全是大名人疲于应酬的架势。

他抓起小楷毛笔，在一片叶子上写了"新叶犹闻旧岁香"，落款盖章后，送给黑姑娘。"里边有'新闻'二字，"像对人讲解又像是夫子自道。"新闻多半是落花流水，一哄而来，一哄而散。"再拿一片叶子，边舔毛笔边构思，随即写了"一事能痴即少年"，给了白姑娘。白姑娘嘴巴张了张，还是不得要领地说："好，真好，好极了！"我觉得"一事能痴即少年"似曾相识，却一时想不起来出处，不过，就算想起来了，也不宜说出来，说出来了让乔老师没面子。

"该给我写了吧，乔老师！"心里分明觉得这是儿戏，可是乔老师正在兴头上，我还是应该朝热烈的气氛里再加把柴火。"你要什么呢？"他的脸上是真出现了那种"怕动脑子"的气色了。怎么办？"乔老师，我来报社之前，就听说您是有名的才子，"我事后很奇怪，我当时的谄媚的话居然说得非常诚恳，"我就是冲着您才来应聘的。"乔老师严肃地说："小郭啊，我最受不了当面恭维人了！"但能感觉出他心里正十分受用着。我赶紧说："您总不能太——"差点说出"好色"二字，"重女轻男了吧！"俩姑娘掩嘴而笑，乔老师也呵呵呵地笑了。

他将叶子摆来拼去，玩扑克牌似的。最后选了四片叶子，每片叶子上写了一句话，便合成一首打油诗：

> 天子未呼撑上船，
>
> 不闹事来不求官。
>
> 残足缺手筑豪宅，
>
> 小民只为讨工钱。

"哟，"白姑娘拍着小手，同时小跳了起来，"您把今年的新闻亮点写出来啦！"黑姑娘语言笨些，却有眼色：乘机给乔老师的茶杯续满了水。我不免自惭形秽，瞧人家，不愧是名牌大学毕业的，就是伶俐成熟。乔老师当即说："走，我请诸位吃新疆抓饭！"

我编了个借口，没有去蹭饭局。去了，我就得买单，还要拿出奋不顾身的造型抢着去买单。尽管我知道，乔老师是决不会让我买的。乔老师从不让招聘者破费。问题是我若在场，终归得有所表演，多累人呀。再说了，不妨碍乔老师独享"左芙蓉、右芙蓉，左右芙蓉"，也算我对他尽了一点孝心。

当天晚上，我做了个奇怪的梦。我梦见白姑娘挽着我的胳膊去采访一个热闹非凡的婚礼，而且她也不叫我"老师"，径直呼我"小郭"呢。可是，当我俩举起葡萄酒杯相碰时，她又变成了葱儿。梦醒后我再也无法入睡了。我觉得从貌相上看，白姑娘跟葱儿差好大一截儿。将这两人请上舞台，明眼人一看，就能看出葱儿是真正的姑娘，白姑娘不过是葱姑娘身边的丫鬟而已。可是白姑娘为何先进入我的梦中呢？

这个梦也确实得到了某种验证：白姑娘真的跟着我实习了。我弄不清这是她自己的申请呢，还是乔老师的指派。她跟上我外出采访的途中，我以闲聊的语气说出我读过的一些有名的书，结果大部分她闻所未闻。采访时她也不记录，只是听着耳机抖着腿。我批评了她几句，她居然摇着我的胳膊大撒其娇："有你哪，郭哥哥！"还不经意似的，用她那还不能称为奶子的，"金银馒头"似的小乳房蹭我的胳膊。我在叹息的同时，发稿子的时候，也照旧缀上她的名字，虽然心里颇不愉快。

"名字见报"，是实习生最大的目的。几个月实习下来，他们就有了一册"新闻作品"剪贴本，来年毕业时，就拿着这个本子，跑遍全国各大城市，没准就能敲开某家传媒的大门呢。但是像白姑娘这么个弄法，实在不好。她说她是来自非常贫困的××县，可我压根儿看不出这一点。她用的是彩信手机，钱包里塞满了各种"卡"，晚上不是游泳就是去咖啡馆，甚至说到"高尔夫"，她也能讲出许多相关的故事。

我带她实习的第三天，就迅速地揭开了谜底。凭良心讲，我不应该说她的不是，可我憋不住。我那天突然发高烧，浑身冷得像掉进了冰窖里。乔老师立即叫了车将我送进医院。可是住院要交押金，司机说他马上回报社拿钱来。

然而，他一去再无音讯了，连个电话也不回。就算司机不知道我的电话，可我"去医院了"这么大的事，司机应该说给别人，报社应该有人过问啊。

我躺在医院的条椅上，勉强制了条手机短信，分别发给葱儿和白姑娘。葱儿最先赶来，但她一见我就哭将起来，说她上午刚将两千块钱寄给家里了。"我马上去借！"她刚要小跑出门，迎面进来了白姑娘，身后跟着一个戴墨镜的男人——从他脖子上的松泡泡肉来看，肯定五十左右了。

原来，这男人是一家私立医院的院长，专治肾病。这男人一边问我的病情，一边不住地用他的肥手掌拍打白姑娘的屁股！眼前的这对不相称的男女，大概就是"包二奶"和"二奶"了。说来蹊跷，也许是生气，也许是年轻，总之，我一见这情景，当下坐起身来，什么病也没有了！

墨镜要请大家吃饭，所谓大家，也就是我和葱儿。葱儿就和我交换眼神，发觉我俩都没有入伙的意思。我们就找个借口，目送着墨镜拉着白姑娘融进街上的车流里。我俩该吃什么呢？除了火锅以外，我是不择食的，我的肚子差不多可以说是"兼容并包"。但我现在跟葱儿一块，吃什么最好由她选择。

"吃火锅怎么样？"葱儿说完这句话，两只眼睛似乎就变成了鸳鸯火锅，沸腾起来了。

我不能吃火锅，吃了就便秘。但我说出口的却是这样的话："火锅费钱，费时间，不如随便吃点什么。""我掏钱！"她急了，"让你吃一回'软饭'不好吗？""不是谁掏钱的问题——你快上班了呀。""你这么一说才提醒了我，"她恍然大悟，看了手机上的时间，"只剩半小时了。"于是我俩吃了两笼包子。

然后我俩就分手了。过了没几天，我原本已消了的气，忽然又冒了出来。

那天中午在食堂里吃饭，恰好与送我上医院的司机坐对面。他一见我，眨巴了一下眼睛，算是给我打了招呼，我分明感觉出他有些不自在，仿佛他做了什么对不起我的事。哦，我想起来了。那天他送我去医院后，说他回去拿钱，结果再没有了下文。

"郭记者，我对不起你，"司机还知道我的姓，而我却不知道他姓甚，"我那天回到报社，马上去找乔老师，因为我知道你跟乔老师好。可乔老师去机场接他爱人去了。""后来呢？""我就找总编办主任，主任说了一句：'没办法，招聘人员不报销医疗费。'因为我也是招聘的，主任可能觉得伤害了我，就又补充说：'你去找总编试试，也许能解决。'但我已经从他的眼神里看出来了，即使找到总编，也是白搭……我从部队复员，回来是带了些钱的，于是就到银行取出三千元，准备先给你送到医院。可是车队队长打电话，要我赶快返回。回去才明白，是让我把鸡汤立即送到另一家医院，因为总编的儿媳生孩子了。队长还批评我说：'每天这个时候送鸡汤，你怎么忘了呢？'我飞快地送了鸡汤，再赶到你去的医院，却找不见你了……"

"谢谢！"我尽量克制住自己，"不好意思，那你——"我想问他姓啥叫啥，又觉得还是下来从别人处打问好些。"——那你觉得报社这么对咱们合适吗？""那有啥合适不合适的，咱找上人家门的么。人家又不稀罕咱。"

司机的年龄和我差不多，但他那种平和隐忍的气质，先让我感动，后让我震动。幸好我那天的急症忽来忽去，若真是个什么大病，死了也就白死了。

司机悟得很透：咱是找上城市门的，城市不需要咱，咱有求于城市哪！我仿佛看见所有的城门都变成了一张张大嘴，并且听见大嘴们在轮番重复一句话：

"小子，你觉得城市不好吗？那你就回乡下去吧！"

管他娘的，让我今夜好生地大吃一顿再说！当葱儿正在为男人们洗脚时，我已经坐在了烤肉摊前。我要了五瓶啤酒、两大扎烤肉。周围的人很惊异我怎么是一个人，他们高声喧哗，粗鲁划拳，向卖唱的姑娘调情。我给了姑娘五块钱，说："这五块钱是要你别给我唱的。""那多不好意思！我给你鞠一躬吧。"说完我鞠了一躬，又补充道："祝你发财！"

当三十串烤肉、两瓶啤酒下肚后，我觉得这个城市还是不错的。这个城市终归给我兜里装了点钱，虽然那是我挣来的，而很多人挣得屁滚尿流缺胳膊少腿，还拿不到几个子儿呢。

当我面前的烤肉铁签快够五十根时，我给葱儿发了一条短信：

"没有客人时，请与我联系。"

她马上回复道：

"好的。但你别琢磨占什么便宜。"

能占她什么便宜呢？无非是想睡她、她不让睡嘛。不让我睡了你就闲晾着吧，到你老了，想跟谁睡时，还得烧高香呢。当我喝第四瓶啤酒时，我一下子醒悟了：我原来，和葱儿是一条战线上的兄弟姐妹！

城市就像一头巨兽，它庞大的形体，它形体上的无数的器官，都渴望着舒服，而且一种舒服跟另外一种舒服截然不同，真他妈"舒服越分越细"。我和葱儿，还有无数背井离乡的人，就是专门来让那些器官舒服的。让"城市巨兽"的不同器官感受不同的舒服，于是就赏赐给我们不同的职业……

我又给葱儿发了条短信：

"我想你。我们应该互相舒服舒服。"

我离开夜市的时候，快十一点了。走着走着，手机一响，是葱儿的回信，只有俩字："休想！"书上说女人嘴硬，其实心里也想。但愿书上说的是真的。

我的肚子忽然咕噜一声，紧接着又是哗啦一声，这第二声很像是鱼缸里的两条小鱼摔跤。哦哟，麻烦，要拉屎啦！可我环顾四周，不知道哪儿有厕所。我想就近躲进花坛里或是交警岗楼后解决问题，可是不行，因为灯火灿烂、车流似水、行人如织。要在乡下，这阵子人们早入梦境了。

我不断地、充满哀求哀怜地向经过我身旁的人问"哪儿有厕所？"但他妈的全都是摇头！我只好加快脚步，因为我知道有个地方有公厕——在我回"公寓"的途中，距此至少有四百米！

　　别说四百米，就是四十米我估计都撑不下来。而且还不能走得太快：既要走快还要夹住！这不是天大的矛盾吗？此时此刻，我愿意放弃所有牢骚所有理想甚至爱情，只要我的面前有个厕所！如果谁能让我马上出恭，我将终生不忘他的大恩大德，并且他死时我一定为他守灵！我在咬紧牙关的同时，还得紧握双拳，因为我弄不清把劲使到哪个部位才能有效地憋住，所以只好全身鼓劲！我要找市人大代表，请求立个新法——如果一个城市的主要街道上二百米之内还找不见厕所的话，那么公民有权就地脱裤子方便无论在光天化日里还是在很多人（含外国人）的场合……

　　事后我还经常回想起那个难忍到恐惧地步的夜晚，最刻骨铭心的感觉是——时间真难熬啊，平时的一秒钟此时仿佛一条皮筋被拽了十丈长；一米路程恰似神话般的在我眼前迅速抛展成了百米跑道……我心里默默地计算着路程，一米一米地切短距离……但我夹不住了顶不住了憋不住了那种感觉就像是悬崖上的一辆汽车被一根头发丝吊着……他娘的，难道就这么胀死了？不，不行，我投降，我不要脸啦——我跳到一棵树后就解裤带，树后却有一对男女抱着亲嘴，只听那男的说"你寻死呀?!"我已经蹲下了，就是说我已经死猪不怕开水烫了于是我吼出一个"滚！"字同时一团无形的、对鼻子充满了羞辱的气体喷薄而升，那对男女自认晦气逃之夭夭了。

　　我回到"公寓"，借来房东的大铝壶，再用房东的炉子烧了一壶开水一壶热水，然后灌进我的三个暖瓶里。房东之所以如此大方，也许与我几天前送了他家一盒月饼有关。

我刚把身子擦结束，葱儿来了。

她进得门来，随身往后一靠，门就锁上了。她的双手背在后面，似乎藏着什么东西。她微笑着，嘴唇嚅动着，样子可爱极了。我上去紧紧地抱住她。她没有回抱，但也没有回避，完全是一种"悉听尊便"的态度。

"你别想占便宜。"她依旧那个姿势不变。

"嘿嘿，"我说，"也许，占便宜的是你。"

"现在就让你占个便宜，"她将手伸到我的面前，"给，我花了三块五毛钱。"原来是支签字笔。

"谢谢，我用得上！"

"那天去医院，路上买的。"

"为啥要买笔？"

"我想你要是动手术，总得有人签字吧。"

我的心动了一下。我觉得我应该立刻实施我在夜市上就已经想好了的行动。我请她坐到床沿上，说："拿出你的手机，念我给你发的最后一条短信。"她打开手机念道："我想你。我们应该互相舒服舒服。"

"对，我先让你舒服。"

"呵呵，"她的笑声含着些许的淫荡，"你能知道我要什么舒服？！"我兑了一盆热水，放到她的脚前，然后拿了小凳子坐下。

"干吗？你要给我洗脚！"

"为什么不能呢？"

她的双脚往回勾、往起提，不想让我洗。我说："女人怎么能犟过男人呢。"她就不再犟了，一任我替她脱鞋退袜绾裤脚。她什么话也不讲，突然变成了一个乖囡囡。当我给她洗脚心时，可能是痒痒的缘故，她哈哈大笑起来：

"你又不懂穴位，只会胡挠挠！"

我懒理她，只管洗她那绵软匀称的脚。她又说了：

"光拿香皂洗，又没啥保健作用。"

她的这句话给了我提醒，有了！我说："我今儿给你洗个脚，肯定是全世界独一无二的洗法。"桌拐角放了不少的小瓶儿，是我准备的，我俩要在中秋节里共进午餐的调料。那天没吃成，但是调料不能浪费呵。

于是，再给盆里添加热水时，我依次将盐、醋、味精、胡椒粉、香油、孜然末等等，一样来那么一点儿，撒入洗脚盆里。

葱儿笑得仰到床上了：

"不得了啦！不得了啦！救命呐，有人要吃我啦！"

由于她仰着，前襟就缩了，于是我看见了她雪白的肌肤，还有肚脐……

我下楼去倒洗脚水。当我返上楼时，葱儿已经脱了衣服，钻进被窝了。她双手捏着被头，嘴巴也嗛着被头，诡秘又顽皮地看着我。

"喂，咱们只是睡觉哦。"她说。

"嘿嘿，我知道是睡觉。"我说。

"不是你理解的睡觉……你有想法！"

"那当然，我又不是傻子。"

"你今晚上最好就当回傻子。"

"行么。"反正我刚才一进门，见小玉佛跟手机一块，被放在桌子上，又见椅子上放着她脱下的衣裤，我的身上立即就春风野火了。不妨暂且她说啥都依了她，待到拉了灯上了床，我就不能让她孬了。书上就是这么说的。

当我举手拉灯时，她用被子捂住胸坐起来，急切地说：

"先别拉！咱俩可以挨着睡，但是不能……"

我木然地望着她。饿汉子搂住汉堡包，却不能吃，那不是跟坐老虎凳一样难受吗？不管，先睡上去再说。可是看她那神情，好像不是玩笑。

"那好，我躺到沙发上。"

沉默了一阵，她说：

"你别怪我，我也不是吝啬人，我也很想……只是……你是大记者，你能娶我吗？"

我有点烦了。都什么年代了！

"我什么都没有，我只有这个……这是我唯一的礼物，也许别人觉得分文不值……"

说着，她忽地掀开被子，像一道彩霞闪过，她的天体一览无余在我的面前，隐约有一股似浓乍淡的，只有在这个季节里才有的，桂花般的香味散发出来。

"你随便看吧……你见过这样的女人吗？"

"没……有……"

"那你好好看吧……只能看呐……"

我已经不能自持了。我不想活了。我将她抱在怀里，亲吻着她，她热烈地回吻着我，喃喃地说："就到这儿，就到这儿……"但是胳膊却把我的脖子搂得更紧了……

苗　兰

　　三年前的腊月二十九，办公室里喝茶，胡乱翻着报纸。每年的腊月二十九和三十两天，说是照常上班，实则干耗时间。不耗不行，因为上级往往专挑这个茬口来查岗。若你恰好不在岗，那就要通报批评，扣你奖金事小，关键是你给单位抹了黑。

　　看窗外的楼下，不时有车来停，后备厢翘起，那人边打手机边往外拎纸箱。不几分钟，便来一男或一女，相互点头哈腰祝福新年。纸箱里装的，无外乎苹果橘子红枣，蒸碗粉条熏鱼之类，早已够不上行贿品。媒体披露的落马贪官，是从不罗列此等俗物当罪证的。

　　报纸也没啥看头。刷手机"深度好文"，也不过老生常谈。脚不舒服，脱鞋一看，大拇指顶破袜子了。便抬脚办公桌，剪趾甲吧——电话响了，工会主席声音：

　　"方老，你得给咱救个急！"

　　心想我属于可有可无类，能救什么急呢。

"主席请吩咐。"

"领导都不在，咱们的两个包扶点还剩一个没人带队去慰问，想来想去，你老德高望重，带队合适！"

"临时拉我壮丁？不必戴高帽，去便是了。"工会主席爱书法，平时交流多，没啥顾忌的。

"多谢了，那你就十分钟后大门口上车，一切准备妥当！"

连接两个电话，耽误了几分钟，赶紧茶杯续满水，下楼一出大门，果见停着小商务车。一位俊俏女子恭候车门，笑盈盈接过茶杯："请上车方老——"轻抬玉腕搭车顶。勾首进车，噢哟，全是红粉，嘻嘻哈哈打招呼。单位近两千人，因为年龄层不同，此等少妇们面目模糊，一概叫不上名字。但这俊俏女子有印象，因为国庆晚会上，听她拿陕北方言朗诵《再别康桥》，满堂倾倒——但也没记住名字。

刚坐定，俊俏女子上来车门一拉，出发了。她说后备厢里装了米、面、油、糖四色礼，一共十一份，根据村上报来的困难户数发放。丽人旁边坐而不知其名，有失礼数。于是我说老夫比较好色，从不打听漂亮女性名字——"我们都好色呀"，后座三女几乎同时笑道。"我也是。"副驾女回首亦附和，车里燕子吵架似的笑作一团。

"我叫苗兰。"指头手掌上画出两个字，后排说"工会副主席"。我说苗主席姓好，与名字搭配，更雅。后排三女及前座女副驾依次自报姓名、各自所在部门，或曰"方老文章很有意思"，举例读过某某作品。心里得意，嘴上说不值一提不值一提。

"都说方老段子讲得好，能否来一个？"掌声响起。我问大家都结婚了没，回答都结了，孩子都上小学二三年级了。又问想听荤的还是素的，回答随便，好笑就行。脑子里翻搅一通，不知选哪个好。除了司机，听众皆女，不能太黄。但不黄且好笑的段子，又着实不多……直到出城上了高速，才想了一个段子，此段子字面上阳春白雪，但是细品过后，则韵味悠远呢。且很是精炼，讲时一字一句慢慢来效果尤佳，讲完也就分把钟时间。

可是没人反应。我喝了一口茶，颇感意外，讲段子从未失手过呀！不免尴尬，下意识脱了鞋。无论车船，还是飞机，我总是一坐定，就脱鞋解放脚。

"完了？"苗兰问。我说完了。"真完了？"当然真讲完了。另女说这算什么笑话呀！我自打圆场说一点儿不可笑的笑话当作笑话讲，正是其可笑处。

窗外是飞过的草滩，蓝天净洁，草们枯黄，却有几只羊啃着地皮，环保意识差么。不过我说羊群是大地上漫游的云朵——"啊哈哈哈"——这句话可笑吗？苗兰笑得要岔气，一手拍击前靠背，一手拍我膝盖，我赶紧将脚塞进鞋里。

"方老呀方老，没想到你还这么坏呢！刚才的段子，太神奇太好笑……也太那个了！"

大家问那段子到底啥意思，苗兰说那可不能点破，你们慢慢悟去，自个儿悟出来的准能笑死你！心里分外惊讶苗兰的慧心，这段子我讲过几次，在场女士皆丈二和尚。

郊县路近，很快要下高速。苗兰给当地打个电话，接着拉开手袋，掏出一沓红包，十一个。说十个包里都是五百元；一个包里是一千元，由我送。问何以钱数不同，答带队是领导，自然身价高。

不过她又立马解释说一千元是送给最困难户的。

一进村口，就见两个小车停着，一个是镇长的，另外是县电视台扛机子拿话筒的。赶紧停车下来，趋前握手，苗副主席介绍双方。电视台车开道，镇长车殿后。很快到了最困难户。

卸袋子油桶，拎进院里。土地面上早摆好了木桌小木凳，阳光温暖，热茶氤氲，却没有过年气氛，可能因为没下雪吧。倒是旁边一个支起来的门板上摆着红纸笔墨，才想起要过年。

这家三口人，老两口和一个大龄痴呆儿子。老汉瘫卧在床，老太一只眼睛深塌着，隐约一线眼缝。我急步进屋，将红包递到老汉手里——"早了早了"，外面喊叫，同时进来人，将红包从老汉手里拿回，"还没上镜呢，等会儿再给一次"。我就烦了，说那就请苗主席来吧！心想给点碎钱还要上电视显摆，侮辱人么。

苗兰说方老带队当然非方老莫属。没办法，只得干站着看电视人调灯光选角度。我拧头朝门外说，你们随便进来个人给钱吧！只听呼啦一声，全跑了。

电视人正忙着，忽然手机响了，说县里来了领导慰问，他们得赶去。电视车声一消失，苗兰随即进屋，坐在那不大干净的炕沿上，轻轻掀起老汉被子，让老汉侧身面里，帮他退下裤子，露出屁股大腿上霉变羊血般的褥疮。接着拉开手袋，撕开湿纸巾揩拭褥疮，然后贴药。女同事围着帮扶，如护士们围着主刀。老汉不住说担当不起担当不起啊，满脸的羞惭。

看来苗兰经常来这个村子。那老汉痴傻的儿子不知何处捧来红枣，硬是装进苗兰手袋里——却视另外四女不存在，但她们并没吃醋，反倒窃喜开心。

坐下喝茶，镇长说久闻方老字好，所以请给我们写几副春联。没问题，我说，这是抬举我呢，说写就起身写。苗兰吩咐大家给另外十家送年货与红包，就在附近，村主任领去便是。我说："你们如此优秀，就要办实事——村里有五个光棍儿是吧？"村主任会心一笑，说："方老神了，真有五个光棍儿！"我说："人家若是看上你们谁，谁就留下当媳妇吧！""没问题，"五女齐声道，"领队说啥就是啥！"

我写春联时司机拍照发微信圈，请我随后给他写副字。老太太虽然只有一只好眼睛，但我每写成一副，她便竖起大拇指，感觉比表扬王羲之还来劲。"大娘你看我字哪里好？""哎呀，我看么，"大娘看看满地的红纸黑字，又看看我笔走龙蛇，"比烙锅盔、漏面鱼儿，鼓的劲还大！"

满地鸡跑，不尿乱拉。镇长耳语我这里卫生差去镇机关灶吃饭。不客气，我说，时间尚早，这日子大家都忙乱。

五女分两次送完年货与红包，去给卧床老人道别。伸手想与大娘握，大娘却两手互捏指头不伸，我只好尴尬地扬指天空："赶紧下雪好过年！"

门外车旁与镇长村主任握别。一看五女没少谁，当即问：

"村里没有光棍呀！"

"咋能说没有呢？"苗兰芳唇一撇，鼻子一翘，模样愈显俊俏，"有个漂亮寡妇呢，方老得留下！"

轰然爆笑。

归途服务区加油，放水，司机抽烟。苗兰放水出来进了超市。大家依次上车，苗兰将红枣均分各位，吃得满车枣香味。然后变戏法似的递我一双新袜子——原来她发现我袜子破了，进超市买了来。

"惭愧惭愧，感动全中国啊！"

"不客气，我们工会人就是为职工服务么。"

射　　击

　　王村只有一个美女。王村只有一家地主。王村只有一个地主家出了一个美女。这美女名叫水桃，谁见了谁的脸上就有了过喜事的表情。男人们见了她就像见了那熟白初红的水蜜桃，止不住喉结一滚，咽一股又甜又酸的口水。她晾的袜子让人偷去了，她坐过的石头被人抱走了。她在庄稼地里解个小手，随之就有人溜进去照准那团湿热的泥土美滋滋地撒泡尿。可是，没人敢向她求婚，因为她是地主的女儿。也没人占上她的便宜，因为阶级斗争厉害得很，民兵们天天晚上放哨流动，说是防备敌人，更是顺带着盯梢她：谁也休想靠拢水桃的门前窗下。

　　水桃是不幸的，水桃是安全的。在王村，十五六岁的女孩结婚生孩子是常见的事，可水桃已经二十出头了，还待在老树根似的父亲身边。

　　一天晚上，村头的歪脖柳树上挂了盏马灯，生产队里开大会。蹲点组长老李念完一篇报纸，然后莫名其妙地说了一句话："水桃该出嫁了！"大家都不吭声，因为大家的心受了伤害；大家都没反驳，因为老李是县上来的，县上来的自然是领导。几天后，又是一个晚上，又是歪脖子柳树挂马灯，又是生产队里开大会，讨论水桃的出嫁问题。

老李说，水桃的出嫁不是杀猪宰鸡的一般问题，而是一个革命问题。首先，李组长抬手拢了拢分头说，水桃能不能出嫁？沉默了一会儿，大家都说能，而且应该。李组长又说，水桃是地主的女儿，但水桃不是地主；地主的财产被大家分了，但地主的女儿不能分给大家，只能嫁给一个人。又冷场了一阵子，大家才说"是呀"。

把水桃嫁给谁，或者说分配给谁呢？讨论来讨论去没个统一意见。未婚的男子们紧张得喘不过气来，都想分到水桃，都怕别人得了手。会场如一箱乱蜂，都在说话，都不知道说的什么。

"那咱们选举一个吧。"李组长说出了决策性的话。大家齐声喊道："好！"老队长在鞋帮子上磕着烟袋，说："大家提名吧。"可是会场上的人都像着了魔法，成了石头，没一个人开口。往下拖是不能解决问题的，于是老队长打了个呵欠，站起来对李组长说："老李，我看只有你跟水桃还般配——"话音未落，大家齐声喊道："好！"站起来要散会。

李组长脸红脖子粗，结结巴巴地说："队，队长你真，真是胡来！""咋的？你嫌她是地主成分怕受牵累？""不……""你嫌她不识字？""看你往哪儿说呀！""那到底为什么？"

李组长的喉结滚动着，很不好意思地说："我都两个孩子了。"

大家像泄了气的皮球，又都坐到地上了。

没办法，老队长只好又说："算了算了，李组长成了家嘛。就是没成家人家也是国家干部呀，怕犯错误哩，大家还是在咱们村选一个吧。"

只好再选举。

年长的年幼的都溜走了，会场上只剩些青年男女。可是一说选举，又都没动静了。老队长督促了几次，还是一片死寂。李组长掏出怀表看了看，说："快半夜了，大伙儿明早还要开荒地，修大寨田，快点选吧！"依然悄没声息。队长生气了："日他个妈，都哑了？"见老队长发火骂人，李组长就急中生智说："老队长别急嘛，大家心里都肯定有合适的人选，可能不好往出说，我看是不是投票好些？""投个球，没几个识字的。"一个头生痢痢的小伙子打个响指，说："这有什么难的！"晃了晃手上的小石片，"不识字的请识字的代写，不想请人写的就在这石片上画娃娃，画上谁就是谁。"大家一听乐了，都说这主意挺好。

自此以后，拿石片当选票纸用就成为王村一大特色。歪脖子柳树长在村头河边，河水一涨就漫到树根，所以水退后地上尽是小石片儿。大家一人挑一块茶杯口大的薄石片，再找个石尖儿，或请人代写，或自个儿作画。写毕画好后，都撂到并排就座的李组长和老队长脚前，噼里啪啦，像天上掉下一堆银圆。

李组长一一看过石片，不觉惊呆了，有字的全是周秦汉，画画的全是个矮小的男人和一头大猪——当然还是周秦汉。意见如此百分之百地统一，实属罕见。

老队长看懂了画，皱着眉头问李组长石片上字是谁。李组长小声说："周秦汉。"话音刚落，大家齐声吼道："同意！"接着炸起一团大笑。

周秦汉并没有投票。他窝在牛草堆里似睡非睡，正在裤裆里摸虱子玩儿，迷迷糊糊地听见把水桃分给了自己，猛一激动，喜尿就湿了一裤子。

李组长差点没晕过去。

大家为什么都选的是周秦汉呢？道理很简单：既然水桃这块肥肉到不了我的嘴，那别人也休想沾住腥！不如选周秦汉，开个玩笑，谅也成不了。就是成了，要可惜大家都可惜。

周秦汉这个人，身高一米五几，脑子不笨，却是王村最穷的穷人，最贫的贫农。他五岁时就殁了爹娘，东家一口西家一嘴地长大成人。他的住房在村后的山根下，是个人字形的草棚，草棚贴着一块大石包，算是一面墙壁。墙壁上凿个台儿，台儿上放了三个烂沿黑碗，还有一口破锅，半截土炕。他最值钱的东西就是压在土砖枕头下的几把弹弓，那是他改善生活的武器，打鸟雀用的。他并不下地干活，一点自留地撒把种子就只等着解饥了。他的日常生活靠的是那头种猪，就是投票时大家画的那头猪。除了鳏寡孤独穷到极点的人，一般人都嫌腌臜，是不会养种猪的。周秦汉养了一头，是全公社的三头种猪之一。

三猪鼎立三分天下，配种一次收费三角或一升粮食。他觉得没啥赚头，就想个法子，神不知鬼不觉地将另外两头种猪弄死了。于是，他养的种猪成了宝贝，独门生意，价钱自然看涨，配种一次收费一元或两升粮食。有人来请了，他就叼上纸烟，亲自吆着猪，大摇大摆地走到用户家。"先给角（公）猪吃顿净食，有劲。"事毕，他也磨蹭着，也想混吃一顿。混吃上了，就少收几角钱或一升粮食；没混上嘴了，就背上粮袋，主仆归家。途中再拿弹弓打几只雀儿，炖了做下饭菜。常吃鸟雀肉败胃口，就偷别人地里的菜。做贼要挨骂，挨骂了就报复——将人家的南瓜剜个口子，掏出瓜瓤拉堆屎进去。南瓜吃了内肥，疯长起来，几天就变得筛子那么大。主人高兴得不行，抬回去杀开，却是一窝粪蛆。知道是周秦汉干的，拎住他一顿死揍，卧床半月，可怜他身小力薄，以后就收敛多了。

那天晚上开会选举，说是把水桃分配给周秦汉做老婆，他当时激动得喜尿湿了一裤子，但裤子干了，他的激动也烟消云散了。因为他明白，这是天大的不可能，分明是大伙儿耍他的。尽管如此，第二天在后山上挖荒地时，他还是怀着一丝侥幸，平生第一次参加了集体劳动。老队长高兴得连骂几声好你个狗日的，就吩咐他干点轻松活儿：在大伙面前放火烧荒。他点着野火后，就用镰刀将茅草割条畔子，以防引燃了其余的山坡。

大家都没提昨夜的事，昨夜的事仿佛不曾发生过。周秦汉躲在浓烟里，偷看着大伙儿，偷看着水桃。水桃手中的镬头，不停点地挖着。烟气里的她袅袅娜娜，如浮摆在一池春水里，柔柔的，软软的。特别是往后一甩辫子的那个姿势，好看得周秦汉的心都疼了。这样的女人，别说做老婆，就是给她系三次鞋带死了也值哦。

歇伙了。大家都坐在镬柄上，开始吸烟。上年纪的都有烟袋，后生们则卷喇叭筒儿吸。有烟的没纸，有纸的没火，这样就能互相利用互相交换，目的是拖延时间多磨一阵子洋工。

周秦汉给大家散了盒纸烟，就挨着老队长坐下来。水桃站起来，拍拍屁股上的灰，走到他俩跟前，说："老队长，我啥时结婚？""跟谁结呀？"水桃拿嘴呶了呶周秦汉，周秦汉的脸就成了紫猪肝。老队长说那是开玩笑么，你别当真。头生瘌痢的男子站起来说："水桃，你别糟践自个儿了，要嫁就嫁给我！你让周秦汉站起来比比看，吃你的奶子都够不着！""放你娘的屁！"水桃脸一青，平生第一次发了火。"好哇，你个臭地主娘儿们，竟敢骂老子——"瘌痢举起手掌，忽然又放下了。"看你长得好的分上，我下不了手。"大家又乐了。

其实，水桃说的是真心话。大家要她嫁给周秦汉，她就嫁给周秦汉，看大家能得到什么好处，无非是开心几天，幸灾乐祸几天罢了。再说她是很信命的，老先人剥削了大家，罪孽理应由她来承受。小时候的光景也并不怎么舒服，天天跑兵躲匪，后来和平了，却跟着父亲今天挨斗明天受批。一句话，苦命人。违背命运是要吃大亏的，不如索性顺着厄运走、专往苦处去，看他还能怎的！再说老队长、李组长也还真的关心她的婚事，害得他们专门开会讨论她的出嫁问题。只要她一嫁人，不管嫁鸡嫁狗，只要不再是招惹是非的姑娘了，李组长呀老队长呀大伙儿呀，就不再牵挂她了，她自己也清静了。

一连好几天，水桃在老队长跟前软缠硬磨，说不嫁周秦汉就去死。老队长见她很坚决，就只好答应了。老队长还大发慈悲，决定让周秦汉当倒插门女婿，一解决了这个乡痞子的住房，二也好给老地主送终。事实上结婚后第五天，老地主就气得瘫倒床上，残喘了半个月，死屎了。

婚礼虽在春光泛彩的季节，可是整个王村却笼罩着一团令人窒息的伤感烟雾。一大早，水桃就把穿戴一新的周秦汉唤过家门。只见她脱去旧衣，穿一身大红灯芯绒，圆圆的发髻上别了一把亮灿灿的银钗，一绺黑色的刘海在耳前腮后随风飘逸。当最早的客人，一群村童哄来看热闹时，她连忙提出一竹篮核桃毛栗放在道场的石碾上，让孩子们尽情享用。看着这小鸡啄食般快乐的娃娃们，她就系上印花围裙，下厨房操作去了。周秦汉则乐颠颠地去担水，因过分激动，也因个子矮、扁担细长，所以进门槛时，一担水全倒了。

夕阳的光照退上山尖时，县城开会的李组长回来了。当他得知水桃今天真的要跟周秦汉结婚时，当即两眼翻白，觉得这是他一生中最大的过错。他赶到水桃家，发现全村的人都在这儿，生米已经做成熟饭了。人们让开一条路。李组长一直走到光彩夺目的新娘和傻了吧唧的新郎面前。新郎敬烟；新娘给他深深地鞠了一躬，说："谢谢李组长。"这时，老队长拿出结婚证，请李组长宣读。李组长很勉强地宣读了简短的、含有"革命"二字的结婚证，感觉时间很漫长。

婚宴是很丰富的，竟然有肉。当然不是猪肉。生猪得交售国家；杀猪自食须经公社批准，而且必须在过春节时。婚宴上的肉全部出自周秦汉的弹弓，味道肯定好极了！但除了孩子们，大家多不动筷子，像是吃丧宴来不了兴致。何况大家也吃不惯鸟肉，祖祖辈辈没人吃鸟肉的。大家越是这样，水桃便越是殷勤地劝酒劝菜，一身喜气，满面飞霞。她盼的就是这个场景。

那瘌痢勉强喝了一盅，便溜出门外，躲到村头的歪脖子柳树后，哭了。

晚上的月光很好。老队长怎么也睡不着，就披衣起床，往水桃家走去。他倒不是凑什么听房的热闹，实为害怕泼皮后生们有什么过火行为。但他万万没有料到，水桃的房前屋后静悄悄的，连个人影儿也没有。他的胸膛咚咚直跳，心想肯定出了事。

老队长已有三十年没听过房了，看来今晚得听房，必须听房。

他轻手轻脚地靠近窗子。灯忽然灭了。他屏息敛气，听见了里面说的话，让他想起他的新婚之夜。

"我……丑八怪。我不配你。我给你当一辈子牛马吧。"

"别这样说，咱俩最般配了。我再好看，也是地主的女儿，哪有人的份儿！你虽出身光荣，可又穷又矮，谁又把你当人看了？"

"咱俩都不是人。"

"所以咱俩是天生的一对儿。从明儿起，我把你当人，你把我当人，咱不就过上了人的日子！"

"我，我……过你这头来呀……"

"快来……"

窗外的老队长眼眶有点涩。他抬头看天，发现月亮红润了。

水桃彻底改变了周秦汉，好像把他回了一次炉，使他从头至尾地变回一个男人。周秦汉也尽心尽力地予以回报。回报的最明显的效果是：水桃的肚子渐渐胖了起来。虽然如此，他俩还是像广大社员一样，天天日出而作，日入而息。见他俩一高一矮一同出工，一矮一高一同回家，大家都羡慕，都叹息。开锁进门，丈夫烧火，妻子做饭。至于那头猪，结婚前五天就赠送给村里的五保户了。

村里人都觉得这对夫妻是靠不住的，迟早要出乱子的。村里人量就了周秦汉是条改不了本性的狗，迟早还得吃屎。周秦汉也清楚，想在成人的心目中美化形象是不可能了，就看在下一代身上怎么样。于是，他专程进了趟二百里外的县城，买回一大截报废的汽车内胎，将内胎剪成窄绺，精心制作了五十多把弹弓，分送给全村的"毛主席的红小兵"。不久，满村都是弹弓手，麻雀几乎绝迹了。这一行动受到公社社长的表扬。麻雀是"四害"之一，争抢人的口粮。

婚后快十个月时，水桃生一赳赳男孩。这男孩整八斤，肢长块胖，很是漂亮。周秦汉喜得像是见了同胞兄弟，抱不够来亲不够。为给儿郎取名字，夫妻俩几天几夜睡不着觉，这才发觉不识字的坏处。起先是争着取名字，取不满意了就把这费神的事推给对方。

"给娃取个厉害名字，别像老子我一样走不到人前去。"

"那就叫周人前吧。"

"不好不好，太扎眼了。"

"我不管了！随你叫他猫儿也好狗儿也罢，反正都是个名字。"

"那怎么使得！我，我看就叫个——好！叫个周大炮怎么样？"

"行啊，听起来怪饱口的。"

"打弹弓太小气，娃长大了跟电影里的解放军一样，保家卫国，朝敌人放大炮！"

"好，好！"

于是，儿子就叫周大炮，周大炮就是儿子。

周大炮一满月，就被绑到父母背上，下地干活了。餐风饮露，日晒雨淋，小家伙毫不在乎，至多放一串响屁了事。孩子能爬着到鸡窝里掏蛋时，周秦汉就把孩子抱到河滩上，给他洗冷水澡，让他驮块碗大的卵石胡乱爬行。周秦汉是想把儿子培养成一个体格健壮、能吃饭能干活能打架的男子汉。周大炮不负父望，十一岁就长得跟父亲一般高了。赶集看戏，全家三人，一高二矮，并肩前行。王村的人说："瞧这仨，真他妈有意思！"

自过了十二岁生日，周大炮就开始供给家里烧柴了。每天放学后，他便率领一帮村童，爬到后山上砍柴火。山路陡峭，扛柴下山很不方便。周大炮想了个法子，让大家砍一条溜柴的坡道。这样一来，下山就方便多了：一捆柴紧挨着压住前边那捆柴，几十捆柴只需一个人在前边拉引，就呼呼啦啦下山了。自此以后，王村人结束了肩柴下山的历史。

每天晚上，他们仨坐在门口的道场上，讲那些不知讲了多少遍的山精林妖故事。水桃借着月光刮洋芋皮、洗衣服，两个男人则拿着弹弓打篱笆上的萤火虫取乐。后来，周大炮因上树差点被摔死，水桃就叫两个男人不要再拿弹弓伤害生灵了，积德行善，请菩萨保佑周大炮一路顺风长大成人。

山沟里没什么娱乐，冬雪夏雨，收种之余，是很寂寥的。两个男人打惯了弹弓，几天不打手心就痒。于是，水桃给门前的槐树上挂个小铜钱，闲了就让父子二人打铜钱解闷儿，一声声脆响实在让人舒心。到了似青乍黄秋季，核桃栗子成熟了，两个男人搬了小凳子，坐在树荫下，拉开弹弓，瞄住果子打将起来。百发百中，煞是奇观。水桃早在树下备了蒲篮接果子，由他父子俩边干边玩去。

光阴如流水。眨眼工夫，周大炮就十八岁了。也许是老天爷太亏待了周秦汉，于是就让他儿子的身高长过一米八。父子俩站在一块，从背面看去，会把其关系颠倒过来的。这是遗传学的一个特例。周大炮不但身体伟岸，而且长相英俊，一双大眼睛总是蓄着山里少年并不多见的忧郁神采。他的上唇生了一圈淡淡的髭毛，高中一年级时就被班上的女孩全体爱慕，当然是在暗地里。他家距镇上的中学四十里路，每星期六，早课一完就往家跑。前脚进门，后脚就来了村里的姑娘们。她们借着向水桃婶"借针找线寻鞋样儿"的名头，逮住机会就抛给周大炮一个媚眼。周大炮并不怎么注意这些，倒不是嫌她们不识字或识字不多，而是他觉得这号事太早了。在县城里开了几次运动会，他觉得世界是不公平的，他有了远大理想。这理想在未实现之前只能说是野心。他不想延续父辈的闭塞愚昧的生活。他要跳出大山。他要领略领略大千世界的奇异风光。但他是农民的儿子，要想改变命运，只有一条蛛丝般的道路——考学。

可惜，周大炮样样都好，就是学习不行。别说大学，考上中专都没多大把握。然而，命运女神是惦记着他这个美男子的。命运女神的玉指轻轻一点，他就腾飞起来，如绚丽的焰火，闪耀在他故乡的上空——如此炫目的景观是十个大学生、五十个中专生联合起来也无法相抵的！

1984年，周大炮的鸿运来了。当时，他是高中应届毕业生，正处在前途渺茫的秋千架上。尽管如此，他还是懒洋洋地进城去参加一年一度的全县中学生春季运动会。一个县级运动会并无什么动人之处，问题是恰在运动会的最后一天，省射击队开进山城来集训了。

奇迹就发生在此时。

在这次运动会上，周大炮的成绩远不如前两次。他只得了个标枪第二名、铅球第三名。在县城度过了平庸的一夜，第二天早起，他就和他的队友们赶往车站，乘车回家。

汽车刚刚驶出县城两公里，一只轮胎爆炸了，声响之大使得所有乘客像是忽然挨了一颗枪子儿。只好停车换轮胎。

这只轮胎的爆炸彻底改变了周大炮的命运。

周大炮和他的队友们只好无聊地等待修车，忽然看见，河对岸的飞机场上，省射击队正在空枪练射。好奇心使他们一哄过了河。

这是个农林专用飞机场，简易到不能再简易的地步，只有一间孤零零的红砖房子，门还锁着。是不必看守的，因为飞机一年顶多光临四五次。

他们训练得很专注，对周大炮等人的围观毫不在意。

倒是那个敦敦实实的黑脸教练走了过来。他绕着周大炮转了一圈，问道：

"你身高一点八五三米，对不？"

"是……是一点八五米，没有三……"周大炮实话实说。

"我说有三就有三。"教练颇自负。

周大炮莫名其妙了。

"爱打篮球吗？"

"一般化。"

"遗憾哪。不然的话，我给你写个条子，你进省城去找'牛篮球'教练。"

周大炮的一个伙伴说：

"这家伙弹弓可是打得神哩。"

"是吗？"教练来了兴趣。"带弹弓了没有？打一下我瞧瞧。"

周大炮如今不怎么玩弹弓了，毕竟成人了，但小时养成毛病，弹弓倒是随身带的，偶尔把玩一下。他从手提包里掏出弹弓，观者无不惊骇，因为谁也没见过这么大的家伙。

这弹弓是用一根黄龙木枝杈做成的，有钉鞋锤柄那么粗；三层皮子，粘在一块。

"你看那——"教练指着机场右侧的白杨树，树上贴着一张黄纸标语，"就打那个'严禁乱扔垃圾'的'严'字。"

"太近了，没意思。"周大炮抬头晃脑地搜寻着更理想的目标。

一群麻雀从远处飞来。"就打那麻雀。"弯腰拾了颗子弹大的石子。麻雀飞上头顶。"打最前边的那个"——闭上一只眼睛，但并不抬弓——"再远点"——大家已看不清麻雀翅膀的抖动了——"好！"扬臂一拽，吱儿一声，一个小黑点落离雀群，掉到靶牌后面了。

大家急奔过去。教练抢先拾起麻雀。麻雀的脑袋和身子仅剩一根血筋系住。

众人齐声喝彩。

"盖了！"教练踮起脚，在周大炮的肩上猛擂一拳，"打过枪吗？""从未摸过。""嘿，真是的！""可以让我试一试吗？"

大家回到原处，围住射击架。教练做个示范，简单讲了三点一线的原理，然后让周大炮空瞄。瞄稳后让教练验收。"还行。给，把这发子弹糟蹋了。""我不会装子弹。"一个队员替他装上。

眼前共有五个靶牌。周大炮第一枪打中靶牌，九环。教练再给一发子弹，十环。教练又给一发子弹，还是十环……五个尚未用过的处女靶牌，被周大炮一一破洞而入，累计四十九环。

五枪用了三分钟。人的一生能有如此三分钟，可以死而无憾了。

　　枪打完了，大家都没说话，也似乎没有激动的样子，因为这太不真实了，太荒诞了。停了一会儿，教练问道：

　　"你叫什么名字？"

　　"周大炮。"

　　"嗯，射击家的名字……好，周大炮同志，"紧紧钳住对方手，"你成千里马了，我也成伯乐了。咱俩运气都不错，走，找你们县政府报喜去！"

　　一年后周大炮出国比赛。自然，他不再吃毛粮了。他将终生不是农民了。他多少有点伤感。

　　一如他当年上学一样，水桃这次仍然给儿子做了几个韭菜鸡蛋饼子，要他出国途中做干粮。他并不解释这么做多余，一如当初，高高兴兴地，将饼子装入精美的皮包。周秦汉拿出那把早被漆得闪闪发光的栗子色弹弓，也塞进儿子皮包，似在暗示他作为父亲的特别功勋。

　　离家的头一天晚上，一高一矮的夫妻俩并排坐在条凳上，唤儿子进来坐到面前。

　　"炮儿，"周秦汉严肃得有点滑稽。"我跟你妈有话跟你说。"

　　"我跟你爹商量了，"水桃接过话茬，"你也长大成人了，就应该告诉你。"

　　"我们，"周秦汉往水桃身上挨了挨，"我们总是要告诉你的！"

　　"哎呀呀，"周大炮显然等不及了，"有啥直说嘛，干吗绕来绕去的！"

　　停了一会儿，水桃说："你到县城后，去见一下李组长——"

　　"——就是现在的李县长。"周秦汉急忙补充道。

"见了李组长，你，你就，"水桃在吃力地选择词语，"你就，你就，叫他一声爹——"

"——不，要叫人家爸哩！"

"啥？"周大炮几乎是喊起来，"你们胡说些什么？"

"真的，炮儿，"周秦汉尽量装出慷慨大度的神气，"李县长是你爹，你爸，你的亲、亲爸。"

周大炮猛摇着父亲的肩膀：

"你疯了呀，爹?!"

水桃抱来枕头放在膝上，拿剪子铰开枕头，从里边抽出一块紫花蓝布。蓝花布打开，显出一张底色海蓝的五斤粮票，全国通用的。

"李组长当年，给了我，五斤粮票……就，就有了你，"水桃缓慢地、非常平静地、非常安详地说道。"现在，你把他，叫声爹，把这粮票，还给你爸……还给他。"

停了片刻，水桃仰望着梁上的燕儿窝，自言自语地补充道：

"李组长，我当时，确实……喜欢……他……我不是图这五斤粮票……我接了粮票，图个纪念……现在，还他，还他……"

水桃再次叮咛儿子道：

"炮儿，你给李组长说的时候，千万不要有外人在场，千万！记住了吗？"

水桃再也忍不住了，哭了。

周秦汉劝慰了一番，忽见儿子双眼充血、鼻孔扩大，就说：

"炮儿，你发什么痴愣？像个男人吗！我们做父母的，总不能到死都瞒住你的来历吧！你要是受不了，就不去见李县长了，你心里知道咋回事就行了……"

次日早起，周大炮跪在一矮一高的父母脚下，长长地叩了三个响头。然后上路了。

下车后，他即去县政府。李县长见是大名鼎鼎的射击运动员，慌忙抬身让座，让秘书斟茶上烟。县老爷很忙，宽大的办公室里如过庙会般：这个没走离，那个又来了。

周大炮吸着烟。这是他平生第一次吸烟。他怎么也不理解，眼前这个梳着背头、戴着眼镜，言谈儒雅、举止庄重的男人会是自己的父亲……

一个来访者站起来刚走出门，秘书紧跟相送，周大炮瞅准时机立刻关了门锁。

"李县长，我是王村人。"

"早就知道啦，你们那儿虽然叫王村，却没姓王的，倒是姓周的不少。"

"我是水桃跟周秦汉的儿子。"

李县长的微笑立刻定格了，但只定格了三秒钟，眼珠往天花板上翻了几翻，回忆什么的样子，然后，大手一挥，微笑又立即复活：

"认识认识！我还记得……"竭力回忆、年岁不饶人的样子，"我记得你父母结婚的第二天，我就离开王村了，蹲点结束了……"

"这五斤粮票，"周大炮掏出那张比邮票大不了多少的粮票，放在玻璃台板上，"你还记得吧？是你给我妈的。现在，我妈要我还给你。"

李县长的亲切和蔼硬在脸上，不知所措。

周大炮想就此离开。但屁股一抬又坐了下去。

"我是，李县长，我是你的儿子。"

李县长的眼皮猛地上下一磕。

"我妈，还有我爹，要我把您叫一声爹。爹——"

没有回答。

"莫非，害怕丢了官？我再叫您一声，最后一声。爹——"

"嗳……"

声音小也罢，胆怯得像蚊子死前的样子。

周大炮想，任务完成了，走吧。

他站起来刚退几步，正欲转身时，忽然一阵眼黑。待他定睛看时，一个卑琐的男人出现在他的面前，分明是他的父亲，就是那个一生中从未扬过眉、吐过气的矮小的男人，就是那个养他成人、教他玩弹弓的周秦汉……眨眨眼睛，矮小男人忽然长高了、变宽了、膨大了——但脸面依然乌黑，如一只黑大的乌鸦——是李县长。

周大炮一个旋转、弯腰，抓起茶几上烟盒：

"你就这么，这么，轻轻松松地答应了？我，我——"周大炮五内俱焚，烟盒飞往业已看不清五官的乌鸦脸，啪一声击中乌鸦鼻尖。

这回，他才觉得任务完成了。

于是他拉开门，走了。他一辈子记得那是大半盒凤凰牌香烟，凤凰从鸡窝里飞出去实在不易。

害　羞

1

　　第一次结识阿簏，是在一个饭局上。他是个白脸帅哥，估摸快三十了。但是后来得知，他实际上快四十了。也就是说他显得年轻。那次饭局一如所有的饭局，正事说完后，就讲笑话，佐酒。笑话讲完了，就打开手机，轮流念黄段子，如同吃饱了的猪斜靠木栏蹭痒痒。我过去也是猪的爱好，喜欢收集、编纂、转发黄段子，目的是博朋友们一粲。鄙人无权乏势，能效朋友们什么劳呢？发他们一乐而已。后来兴趣大减，原因是那些段子，无非是拐弯抹角地骂领导、绕来绕去地说性事，全是老一套。不过我的手机里，也还是保留了几个自认为很经典的段子，以便别人发我时，我也好礼尚往来。

　　那次饭局上，大家都念了自己手机里的段子，眼看着我不念是不能过关的，也就念了一个。当下激起大笑，一个岔了气，一个一仰，连凳子一块儿摔到地上，服务员正给大家添茶水，茶壶盖也掉地上打了……可是唯有那个叫阿篝的家伙，就是不笑，脸色还凉不唧唧的。这让我有点扫兴。我冲着阿篝，嘴唇动了动，却被阿篝抢先开了口："雷老师，我一向景仰您，没想到您还讲这么下流的故事！"当下把我弄了个大尴尬。"也不是不能讲，"阿篝继续说，"关键看什么场合。像今天，有童男子在场，就不要讲的好。"

"童男子？谁是童男子？"我奇怪了。

"我么。"阿篝很羞怯地说。

"你还童男子？"于是招来一阵谴骂，"呸！没看看你都什么颜色了！"

这才明白，阿篝是个蔫怪，也就是通常说的冷幽默吧。饭局结束后，阿篝主动提出要开车送我，说他很想要我一幅字。还说他妻子更是我的"粉丝"，说他妻子上初中时就知道我的名字。这让我脸上冷静心里沸腾，虚荣心如蘑菇云般升腾绽放。阿篝的妻子在证券公司上班，收入很可观，私家有车便是明证。但他妻子不爱开车，车就任由阿篝使唤。

"您觉得我这个人怎么样，雷老师？"车被塞的时候，阿篝问道。

"好啊。"

"唉，一家不知一家难哪……"

"说说看，也许我能帮点什么。"

"难以启齿难以启齿。"

就不便追问了。分别时交换了电话，后来就经常短信往来。因他上班路过我单位门口，他自己又有车，没事了就来吃茶，聊天。

阿篝是个副处级干部，"副"字多年了还不能抹掉，提起这事就生抱怨。我劝他别太在意官位。"依你现在的年龄，就算努力当官，也就那样了。"意思是一般的官位也就那么回事，大小都一个样，终归是个职业而已。"道理我懂。"阿簧说，"我不像您，文章好，字也能换烟卖钱，反正有个安慰。咱在行政上，不谋个进步，您说还能弄啥？"想想也是。"照说我没少在领导跟前表现，领导也总说我的问题是该解决了，可每次轮到开席，还是没有我的位子。"

阿簧每来说官事，我就烦。我虽对他深表同情，却爱莫能助。我发现中国人普遍爱做官，而官帽子又永远无法满足市场的贪求，于是便有无数的迷官者因不能得手而痛苦着，日复一日地不健康地活着。人生的意义有太多的方面哦，何必唯官是图呢。在我看来，就是乱搞女人，也比拼搏官场有趣些。

阿簧笑了，说："雷老师您名气倒不小吧，我咋没见哪个女人往您这儿扑呢？"忽觉不妥，改口道："我知道主要是，雷老师口很细的。"

我还真有点不高兴。偏偏就在此时，电话响了。当时午休时间，我躺在沙发上，阿簧坐我的桌前。他将电话机端到我面前，一手扶着电话线。我懒得动弹，只让他接听。他抓起话筒一声"喂"，里面传出个女声，连我都听见了，那声音颇为脆嫩欲滴呢。阿簧的双眼如琉璃弹子被迅速揩去灰尘，登时光亮起来，急忙说："我不是雷老师，雷老师在，在！"

我觉得这是一个雪中送炭的电话，因为这个电话替我在阿簧面前挽回了尊严。我接听电话时一腿架上茶几，尽量显得司空见惯。这原来是个女老板，芳名阿貌，做美容生意的。我们是在一家妇女刊物的笔会上结识的。她是那家刊物的固定赞助商，作为回报，刊物给了她个"副社长"的头衔。她打电话是约我吃晚饭的，说是要请教个什么事。"不好意思，"我礼貌地说，"晚上已经答应了一个朋友。"话筒里的声音有点撒娇，要我"推了嘛"。老实说，撒娇，是我历来不反对的，问题在于是谁撒娇，娇又撒给谁。像话筒里的这个很具体的名叫阿貌的女人，她撒娇就没有不撒娇好。我请她下午四点再来电话，也许那时，我能推掉另外的饭局。

其实我今天，根本没有饭局。既然人家撒娇邀请我，那我也来个借机撒谎，目的是让现场的阿簿瞧清楚了，鄙人的光景并不多么凄凉。

阿簿喷喷着嘴巴，起身要走。他说他下午要找工人，要给新来的女领导收拾新办公室。他抱怨说，如今的领导全一个毛病：调走了或退休了，总不乐意及时腾出办公室。新来的呢，也是新贵派头，不想住进前任的办公室，要么给弄新的，最不济也要住进前前任的房间。

阿簿走后，我点了一支烟，快速处理案头文稿。眼看到了下午四点，正琢磨阿貌要是来电话，该怎样推却时，门被踢开，进来三个狐朋狗友，嚷嚷着"今天该你当'盘长'了"。所谓"盘长"，就是那种流行乡村的，关于吃饭的磨盘会，轮流做东的意思。我很不喜欢这种庸俗的吃法，都啥时代了，还是张口闭口的吃吃吃。何况我没有酒量，与肉也是互不激情燃烧；抽烟呢，历来是自带的。一句话，磨盘会耗我时间、揩我油水，太不划算了。可他们不依不饶。

这时候，阿貌来电话了。我说我不能去，因为我这里来了三个朋友，我得跟他们一块儿吃呢。"那更好啊，"阿貌电话里说，"您的朋友也就是我的朋友，都邀请来嘛。刚好没有小包间了，我只得订了个大的。"我故意外露话筒，目的是要大家听见。我同时，用一种很轻佻的眼神，向朋友们同步翻译我与阿貌的通话内容。"这么着吧，"我的语气颇为难，"我跟朋友们商量一下，十分钟后回你话。"

朋友们都笑了，说我这人吝啬却又命好，怕出血了就居然能够不出血。我说人家是个美人，拒绝美人岂不是太没人性啦。大家一听是美人，齐声高呼：走，我们跟上你"吃软饭"好了！

我心底并不想去，同意去说穿了也正是怕破费钱。就给了阿簧一个肯定的电话。可惜阿簧不能一块儿"吃软饭"，这让我有点锦衣夜行的感觉。可是他也算有口福，我们刚围坐包间，他就来了电话。阿簧说工人倒是找好了，但要到明天才能来为领导拾掇房子。他眼下，没事，驾车遛街道呢。我说了地点，请他也加入"软饭团"。他很快就来了。

2

世间不曾有过标准的、人人喜悦的美女。比如阿貌。加上阿簧，我们一共五个男人，我自己对阿貌的鉴赏分数我当然清楚。另外四个男人呢，从他们各自的神气来看，大致认为阿貌是个美女。阿貌的容颜，身段，胸脯的体积与位置，以及说话与动作，照说也找不出什么明显需要努力的地方，甚至让她当个什么形象大使的，亭亭玉立着不动，也蛮可以的。但她在我心里，却没有"动"的感觉。我喜欢有点"可爱的缺陷"的女人。我感觉阿貌的身上，撒娇有点过度，撒娇的频率也有点偏高。反正是缺少某种韵味，叫什么"风情"的那个玩意儿吧。

奇怪的是，阿簧每看一眼阿貌，就立刻看我，表情有点小偷小摸的味道。为什么会这样呢？很显然，阿簧因阿貌心动了！但他认识阿貌，是由于我的原因。就是说，我先认识阿貌，他后认识阿貌。那么他的潜意识里就认为，阿貌是"我的女人"。他因阿貌而动心，并不因了阿貌的来由而摁住心不让心动。我完全可以理解，因为人都是爱美的。可他认为阿貌是"我的女人"，所以他得克制，他得平叛内心的骚动。因此他每看阿貌一眼，也得谨慎地同时看我一眼。

他就一盅接一盅地饮闷酒，不想掺和大家的说笑。他这么饮下去，出了车祸怎么办？我得阻拦他。我希望他的嘴巴用来说话，而不是滥饮。

"阿簧，你说你'一家不知一家难'，真有什么'难以启齿'吗？"

"唉，说出来丢人，丢人。"

他这么一说，反倒逗起大家的好奇心。大家纷纷建议他、催促他：
"说出来嘛说出来嘛，大家可以想办法嘛。"想想看，既然是"难以启
齿"，那么"启齿"出来将是何等的刺激！

"我们机关大院里，无聊的工会搞了个什么'机关形象大使'的评
选，要评出一男一女。结果男的评了我——"

"那好呀，要奖励呀。奖你什么啦？"

"什么奖励也没给！不过，却出名了。首先是老婆不放心了。我回
家要经过一个巷子，巷子里的灯经常被人为损坏。每经过那里，心里就
发毛。你们想想，巷子两边全是古树，假如哪一次，从树背后蹦出几个
美女来，三下五除二地强暴了我，让我如何是好！"

"就是就是，如今这社会……"举座为之喷饭。

"哎哟，哎哟。"阿貌笑得拿指头连连戳阿簧。

宴席尾声时阿貌拿出名片，一一散发。最后才散发给她最想散发的
人——阿簧。散发完了又问阿簧要名片。阿簧直拿眼睛闪我，征求我他
是否应当回敬阿貌名片。"快给吧，"我以领导般的语气说，"美女是
人民大众的嘛。"

3

阿簧与阿貌的爱情自此开始。我无意间充当了他们的媒介。

我自己虽然不在爱情状态，但是观赏别人的勾勾搭搭，却是乐趣无
限的。何况这事的缘起，本来就与我相关。我们在人际交往里，常常既
是演员又是导演。我们常常无意间改变了别人的生活，也被别人所改
变，只是我们自己未必清楚罢了。可以肯定地说，阿貌初开始，对我是
颇有几分意思的。她曾暗示说如果怎么样了，她将送我一辆小汽车，无

级变速的那种。她还以开玩笑的语气邀请我与她到非洲的热带雨林去观光。我始终王顾左右而言他，不接她的招。但我心底还是很感恩她的。就算是一个你很讨厌的人，来给你献花，你能怎样呢？总不能骂人家吧。心肠软这三个字，是人性中最可爱的品质。总之我可以不回应阿貌的意思，但万万不可嘲讽阿貌。尤其要保密。俗话说"女追男一层纸""男追女一座山"，意思是男人太好腥味，女人想把一个男人搞到手，简直是轻而易举的事。未见得。我就是例证。

所以，当阿簧转述阿貌对我的评价，说我"很农民习气"，我只是笑笑，并不生气的，也不会辩解什么。她在我这里丢了面子，她有理由通过贬损我来恢复她的自尊。"她还说您从不主动买单，老是蹭饭。"我说是的，那些饭局从来不是我发起的，我买的哪门子单！后面的一层意思只在心里想着，并没有往出说。"你要知道阿簧，"我还是未能憋到底，"世上有些人，天生就是买单的。还有一些人呢，天生就是白吃的。""雷老师牛啊。"

由此不难看出，阿簧副处了多年还"副"着，原因在于他的脑子有问题，脑结构比较粗糙。就是说，他一开始既然以为阿貌是"我的女人"，那他首先应该核实阿貌是不是"我的女人"，而不是上来就转达阿貌关于我的"坏话"，客观上起了挑拨离间的效果。染指朋友的情人？让谁评理都落个不地道。况且阿簧，还将他与阿貌交往的细节生动活泼地说给我。我不想听，他竟依然有兴趣朝下说。

"您跟阿貌到底弄过没有？"阿簧无耻地审问我。问完这句话，他垂下脑袋，差不多将脑袋勾进裆里。

看来，他是真的爱上了阿貌。

"你胡说什么呀！"我气得跳起来，"谁要跟她弄过，谁就让车撞死！"

"我不是这个意思，"阿簧也急了，"我意思是您要跟她弄过，就说明她真的是您的女人，那我还瞎扑腾啥呢，我趁早撤啦！"

"呵呵，"真他娘滑稽，"阿貌是阿貌丈夫的女人嘛。"

"那倒也是。"阿簧也笑了。

实际上从那次"吃软饭"以后，我再也没有见过阿貌。她也确实来过一两个电话，无非是告诉我她刚读了我发在报纸上的专栏文章，并以行家的口吻予以点评。她给我打电话的时候，我能听见话筒跟前的男人的说话声，不难判断他们大致在茶馆里谈生意，茶壶跟前放着当日的报纸。商人们在一块儿为利润而谋略斗智，如果一方显示出自家的风雅交际，以示自己娇嫩且不谙世故，那犹如摊煎饼时多撒点葱花，会起到迷惑对方的作用。如此的白领丽人，我见得多了。

有出版社编辑来电话约稿。是个新编辑，得把号码存了。可是手机显示"存储箱已满"，得首先删掉一个。没说的，就把阿貌删了。人到了一定年龄，朋友圈子大致固定下来，再增加新的总是记不住呢。硬要增加一个新的，就得抛弃一个旧的。

但是阿貌的动态，我也还是比较清楚的，因为有阿簧的经常汇报呀——尽管我并不稀罕这种汇报。阿簧是个淘气的人，兄弟姐妹有不少是吃文艺饭的，所以他身上满是喜剧色彩。他对于阿貌的汇报，究竟有多大真实性，我实在说不上来。

"雷老师，我现在很困难呐。"阿簧说。

"说吧。"我已习惯了他的说话风格，不再从他说话的神态上推断他说话的意图。揣摩说话人的意图，是某些人的必修课，我没有这个本事。

"我现在面临两个难点，一个是升处长，一个是谈恋爱。我不知道应该选择哪个。"

原来，他的处长在未能升成副厅级巡视员后，心肌梗死去世了。处里的领导，如今剩两个副处长，一个处长助理。处长助理是个女的。作为两个副处长之一的阿箪，排名在前。依常规来看，处长死了，自然由阿箪接班，上啦。

"你们官场的游戏，我是说不清的。不过，这跟恋爱有什么矛盾吗？为什么不两手抓呢？"

"我可不那么贪婪！只要办成一件事，就心满意足了。"

"你无外乎确定不了工作重点。"

"对呀。"

"我不知道你是怎么个生活爱好。依我看来，活着就是图个兴趣。一天无论多少事情，我总是先挑那个有意思的干。"

"我明白了。我对阿貌最有意思！可问题是我现在还是副处，如果首先把副处落实成正处，那我在阿貌的眼里，斤两就沉了。

阿箪的话说明他的脑子没问题呀，甚至精明得出奇呀。看来他心底是把阿貌看成首要的事情，但具体操作上，则把升处长放在第一位。这是曲线救国的法子，也叫围魏救赵的战术。男人把一切都看成打仗，实在是基因与秉性使然也。

后来得知并没有那么复杂。道理很简单。阿箪如果当上处长，就能在经济上保障他与阿貌的爱情运转。他为爱情事业，前期投资已近万元。他为阿貌办了健身俱乐部的会员卡，给阿貌送了一沓汽车加油票，还经常下馆子。诸如此类的支出，阿箪都变换形式开了票据。阿箪一俟当上处长，只需在票据上签一"报"字，即可将坑填平。

"你这样不好，"我得尽一个朋友的责任，"你这样会翻船的。"

"这个我清楚。但我还是要谢谢您的提醒！一旦把她搞到手，我就不用再花钱了，转而由她花钱。"

"为什么？"

"呵呵，要写小说呀。我不说，不说，羞人得很很。"

4

我的长篇小说进度很慢，经常出现卡壳。一逢卡壳，就烦躁得坐也不是转也不是。通常在这个时候，我会打电话给阿篱。我要请他，如果他正好也不忙的话，把车开来，拉上我去郊外散散心。一般而言阿篱都能随叫随到。幸好他的单位比较松散。阿篱自己也调侃自家的单位，说是单位主要有三大任务：喝茶，看报，等死。

可是这一回他却来不了。"实在不好意思，"他态度和蔼地、腔调温柔地说，"有人要跟您说话呢——"

一听，是阿貌的：

"来游个泳嘛雷老师！这里的环境可好啦……世上的文章哪能写完呢……"

挂断电话，想象着这对宝贝游泳的画面。爱情已脱到只剩游泳衣了，显然比我的长篇小说进展顺利。生活中的一对男女，往往很快就成其好事。可是要将这个好事写出来，写得让读者看了坚信不疑，那却是相当困难的，因为你要填补大量的所谓合理性。其实生活里，人家弄那事压根没想过什么合理性，就是见了想弄。缺乏想象力的人，会把真事情写假。而真正的作家却能无中生有，还活灵活现。

一个半小时后，阿篱阳光灿烂地来接我了。他满面堆笑着检讨自己的重色轻友、忘恩负义。"啧啧，那皮肤，白呀！"真叫一个激动。"膀子上还有颗痣，咋长得怎乖巧么！"我要他立即打住，不要讲这些。人，要珍惜自己的隐私，不是什么都可以拿出来与朋友共享的。当然，有人就爱共这个享，而我不爱。再说了，我虽然是有点蠢，但也不至于蠢到极致。男女间的那点把戏，我就是想象，也会想象个八九不离十的。

时间在下班前后，道路很堵。远远看见绿灯，车却停着。倒是红灯亮了，车才开始爬行。眼看要上穿城高速了，阿籍却把车子拐入自行车道，靠边停住。原来，有个姑娘蹲在树下，正悲伤地抽泣。她的自行车靠着树身，书包挂在车上。高考刚结束，莫非她考砸了？一问，却不是高考生，而是高二学生。

"你为什么哭？"阿籍两手搭膝，弯腰问道，"要帮什么忙吗？"

女学生不说，只抬起一双红眼睛，看我俩。鼻子一吸溜，再哭。

"你这娃！"阿籍急了，"谁没个困难？说出来嘛！"

女学生这才说了。原来她父母经常打架。父亲的小厂子效益不好，母亲是个大学助教，收入高点。父亲不平衡，经常酗酒打母亲。这就导致女学生经常放学回家冰锅冷灶，身上也常常没有零用钱，动辄饿肚子。

阿籍掏出一百块钱，要给女学生。女学生不接，死也不接。人家有尊严的，哪能接你陌生人的施舍呢。

"我说你这娃太不懂事了！"阿籍生气了，"你将来长大了，碰见叔叔我在这里哭，你能不给我钱吗？你给我钱叔叔我能不接吗？"

女学生终于接了钱，哭着点点头，也不说个谢谢。

实际上阿籍一掏出钱，我的手也几乎同时，拐进自己的屁股兜里。这是一种见贤思齐的本能反应。我能记得我的屁股兜里只有两张钱，一张五十，一张一百。两张钱没有合折，而是各自独立。我这么啰唆的意思是，我的经济实力决定了我眼下只能赞助五十元而不是一百元，因为我买房的借债尚未还清。可是我的手很不敏感，感觉不出我屁股兜里的两张钱哪张五十哪张一百。同时掏出两张钱？那只能给一百了。那是我不乐意的。

"我身上只有一张钱，"我边往出抽边说，心想随命吧，"我记不清是五十的还是一百的了——"

抽出一看，唉唉，一百的。完了，损失大啦。

"雷老师可大方啦。"阿箸的话不知是表扬还是嘲讽。

车子往南郊开去。阿箸说：

"今天太让人满足了！我的心情那个好呀，一路过来，我一直扫瞄着两边的街道……看，看……有没有谁个需要我的帮助。如果不碰见刚才那个女娃，这个高兴劲儿，不是把人憋坏了么！"

5

夕阳里的南郊色调，是那种难以描摹的温和柔美。"雷老师想到什么地方？晚饭吃啥？"我说随便，还不想吃饭呢。吃得太饱了，脑供血不足昏沉沉的，哪能写什么东西呢。"那我随便开啦。为了文学事业，我陪雷老师饿肚子也光荣。"

车子停在一垄即将收割的麦田边。我跟在阿箸身后，踏着田埂往前走去。晚风里蹲下身子，阿箸马上有眼色地摆了个鹞子抓鸡的造型，为的是帮我遮风点烟。如今的郊区，已经不烧柴草不燃焦煤了，因而尽管村庄密布，却没有袅袅的炊烟。炊烟成了古典的记忆。不过也有丝丝的绿烟，那是来自农家乐的烤肉摊。更多的是一团团淡淡的灰雾。那终究不是炊烟，那是向晚的平原上悬浮起来的暮霭。

我们走进田埂尽头的树林里，各自撒了一泡尿，让身体充分享受解放了的舒坦。阿箸跳跃着，袋鼠般往前跳。跳到林子的边缘了，是一棵一搂粗的柿子树。阿箸拍拍树身，说：

"请雷老师您给我题几个字，我要制成牌子，钉到这棵树上。"

"题什么牌子？"

"就题个'阿簧阿貌初吻处'。"

"你最好不要告诉我这些，我一再说哪！"我已感觉到了事态的严重，"玩过了不好。"实际上他爱怎么玩就怎么玩，问题在于他既然要说给我听，我恐怕得表个态吧。"如果你爱人知道了，还不拿刀子戳了我！"

"看您说的，我又不是傻子。我刚参加过保密培训班，怎会让老婆晓得呢。"

"别让我见到你爱人。否则我愧疚。"

"太严肃了吧雷老师。您说怪不怪，我跟阿貌初吻后，您猜她说什么？她说您也曾经要吻她，但她嫌您一嘴烟臭味，所以没配合。"

这算怎么回事嘛。真让人反胃。

"我告诉你阿簧，你这么说她，背地里转述她的话，我无法判断真假，也根本不想判断真假。她真要这么说了，无非是以此抬高她在男界的声望。她要没说呢？总归无论她说了还是没说，但你这么说给我，就是很不得体的，太不得体了！"

"甭生气嘛，我也就在您跟前想啥说啥。我总觉得您跟她有一腿。"

我真想扇他一耳光！

"我郑重告诉你，阿簧！别说我跟她亲过嘴，就是——（差点说出脏字眼）如果我跟她拉过手，就让我的手烂掉！"

紧接着，我挥舞右手，强烈补充道：

"我要是拉过她的手，就让我这只手，写字的右手，意味着一个作家生命的手，连根烂掉！"

"呵呵，开玩笑啦，甭躁嘛雷老师，把人羞得。"

把我气成这样，他照旧嬉皮笑脸。我不想把某些细节抖搂出来，因为我心里一直觉得，我是对不住阿貌的。如果我把某些地方说出来，既对阿貌不恭，又让阿篝难堪。我要再次强调，阿貌确实曾经对我很有意思，但我始终装作不明白。所以她现在才变相地、拐弯抹角地来抱怨我，甚至仇恨我。无论她如何虚构着编排我诋毁我，我都应当表示理解，因为我毕竟对她有歉疚。

我坐在副驾位置上。阿篝的车钥匙晃悠在方向盘下，钥匙环上还吊个银圆大的饼，饼里嵌着一个女子头像。我伸手逮住饼，稳在指间端详：娟秀妩媚，下巴微翘，显出几分淘气。我说阿篝啊，你这把年纪了还追星呀，心理年轻哪。他乐了，说那是他老婆！

"你妻子这么漂亮，阿貌哪里比得上呢，何必嘛。"

"两码事两码事！我跟老婆结婚都十四年了，十四年的光景把人都磨成亲人了。您见过谁跟亲人还弄那号事？谁跟亲人还谈恋爱？"

如此的理由让我拍案惊奇。由此我明白，世间任何事情的发生——比如丈夫懒得跟妻子做爱了——也都是有些道理的，关键在于你是否发现它并将它艺术地说出来。有这个能耐的人鲜见，所以我有理由认为阿篝是个才子。

6

我试图以阿貌为原型，将她变成我的长篇小说里的一个人物。可是我努力了几次，还是决定放弃掉。我对她不太熟悉，仅仅一点直观印象而已。关键在于我从心底，并不认为她有什么可用于文学方面的魅力。也许在别的作家眼里，正好与我的感觉相反。我以为最能成为文学人物的女性，是那种身上有点"可爱的骚劲"的女人，她的气质介乎贞女与荡妇之间。或者将贞女与荡妇融为一体，该贞女时就贞女，该荡妇时就荡妇。那样一种韵致必须是天生的，而非人为作秀出来的。

阿貌有一个女儿。女儿也许五岁，也许十岁，反正有个女儿。女儿被她送到马来西亚去念书了，说是那里有个她的表姐。至于她的丈夫我不曾见过，也没有兴趣打问。一般的女人若有外心，或是蓄势待发准备着随时外心，常会数落自家丈夫这也差池那也不好，作为妻子的她是如何地不被理解、如何地受到委屈。这实在跟打仗一样，出征之前总要战争动员，舆论宣传一马当先，否则出师无名，既可能导致失败还不被任何人同情。可是阿貌不是这样，纵然红杏出墙，与朋友聊天时，也还是一如既往地说她的老公是何等的优秀，她又是何等的爱她老公，两口子的日常生活又是何等的充满情调。照说这是个很好的特点，可我还是不能在我的长篇小说里，给阿貌安排个位置。

　　创作有一个不可为外人言说的隐秘：写得顺畅时，写得自我感觉才华横溢时，性欲就特别旺盛。我一般写到下夜两点才结束，冲个澡上床，脑子照旧兴奋难眠，便把妻子闹醒。"你不要命了！"我才懒得应答，只顾落实事情。结束了才说："不能弄这事，要命何用！"

　　而我和阿簌，最近居然都不在状态。我蔫了吧唧的是因为我不来灵感，他呢？照说正在恋爱哪。"我俩月都没给老婆交公粮了。"阿簌沮丧得很。我批评他又不搞创作，又不是特种行业人士，两个月不交公粮是大大的渎职！

　　"没办法呀，"阿簌苦恼呢，"我几乎天天晚上都要努力一番，把人挣得，可是没效果么。"

　　阿簌妻子居然没有怨言。她理解丈夫的不佳表现。她把一切推到丈夫的仕途不顺上。

　　"她越是这样，我越是惭愧。当官？能当了当，当不成去屎！"

　　很显然，阿簌的状态肯定与阿貌有关。

　　"得手没？"

"您说啥？我听不明白。"阿簏的脸上，是我初次结识他时，那种让人忍俊不禁的"童男子表情"。

"老玩这个，就没意思了。我是问：你跟阿貌弄了没有？"

"把人羞得。"

阿簏的神气告诉我，我这么直白地问他，让他羞；他尚未将阿貌弄到手，很没面子，亦羞。此之谓双羞交迫也。

7

一天下午，又是下班前后吧——当然那是个周末，我写得非常酣畅，酣畅得笔速跟不上脑速。如此幸福的时刻，在创作过程中实是难得一遇。不过遭遇此情此景，反倒不能写了。灵感是神，神距人太近，人就无所适从。

我只好停下笔来。摆出笔墨纸砚，打算练练毛笔字，借此换换脑子，放松放松。时不时地来人索字，竟骗得一些烟酒甚至钞票。不把字写好点，就愧对人家了。只要坚持练字，日久必出效果，笨人也能磨成书法家。况且书法比文章值钱多了：抄录李白苏轼的句子，李白苏轼也不起诉也不索要版税，多占便宜呐。写文章你敢抄谁的？抄你自己的都不成。猛练字吧，我的穷文友们！

我抓起笔舔饱墨，正想着写什么内容时，窗外的树叶沙沙响起来。一瞧，下雨了。我很喜欢下雨。生活在干旱的黄河流域，喜雨心理似乎很普遍。过了一阵儿，树摇曳而流风至，其音骚骚呲呲。风把雨水扇到玻璃窗上，玻璃窗上便出现了几条自上而下的小溪。

我的脑海忽然冒出一联：晚雨从来酿云梦，朝菌不曾见夕烟。一挥而就，自娱得可以，驴打滚似的。我想到宋玉编造的巫山云雨神话，幽美至极旖旎至极，真是超级天才。而不曾见过显微镜的庄子，怎么就想象出一个生命非常短暂的朝菌呢？有人考证说朝菌是苔藓类，具体哪类，又说不清了。总归是说生命极其短促。人生啊，你究竟有什么意思！

这时，"咣当——咚！"滚雷一声惊天地，整幢楼房如挨了一排火箭弹，啪啪嚓嚓的，许多玻璃窗碎了，碎片落地，地面又是一阵机关枪声。满楼出现了惊叫声，伴随着走廊上踢踢踏踏的跑步声。

吓得我呆坐藤椅不敢动弹了，毛笔也震落对联上，废了。

我稳稳神，燃一根烟，准备承受第二个、第三个响雷。可是再没有了雷声，炮仗大的雷也没有了。

雨，也稀稀拉拉了。真叫一个奇怪！不难想象，方才的那个惊雷，不知把多少胆小者吓得尿了裤子，马路上又有多少汽车追了尾，各大医院的患者，尤其心脏病患者，也定有因雷声而眨眼间合上了生命帷幕的吧……我的感觉不错，因为第二天各大报纸的报道里，更有许多出我想象的事故发生……自然之力无比强大莫测，赐福降祸全由着它的性子来，谁也没有办法。

最令人意想不到的是，那一声大炸雷，竟成全了阿簧阿貌的爱情！

8

他们俩都有私家车，每次约会碰面后，自然要将那多余的一个车停放下来。然后同上一车，出发。

"一般乘她的车，因她的车高档些。"阿簧一换语气，"可是那天，却是乘了我的车，您说说这是不是天意！"非常庆幸的样子。"在我的车里就等于在我的房里，我的胆子就大啦。"

两人一进车，阿貌便将一个塑料袋随手抛到后座上。塑料袋里装了不少资料，无非合同广告票据之类的东西。车朝南郊开去。他们今天计划参观秦岭动物园，然后吃农家乐，然后……听天由命吧。两项内容完成后，就是说他们离开农家乐的时候，天下雨了。估计是太阳尚未落山的时间，可是由于黑云布雨，光线就暗得很。他们的车晃悠在乡村的马路上。快要上高速时，阿貌忽然让车停下来。她拧过身子，从后座上抓过塑料袋，说是要看看一个收据，几十万的收据呢。可是袋里没有，袋里的东西多半都被车子颠掉了。

阿貌下车，开后门进去，弓着身子，翻坐垫、探暗处，找得鼻尖渗汗了，还是没有找见。"没眼色！"冲着呆扶方向盘、呆看这一切的阿簧，阿貌说。阿簧这才灵醒过来，也离开驾驶室钻进后座。两人几乎是头抵头地寻找一气。

就在这时，那声惊雷砸将下来，仿佛正砸在车顶上，吓得阿貌一把抱住阿簧，鼻子蹭着阿簧的喉结，颤抖不已，如打摆子的鹿。头发也乱了。阿簧不知发生了什么，只感觉脖子被阿貌呼出的一团团热气缭绕得如绵似酥……

"我，我，我也紧紧地搂住她——"

"——打住！"我急忙制止，"反正是你'得手'了，可我不想知道细节。"

"唉唉，"阿簧有点失望，感觉不过瘾，"雷老师您跟别的男人不一样，他们最爱追问细的，我死也不给他们讲。只想给您讲呢您又不要听……把人憋得……一卷卫生纸用完啦……"

"那你就讲讲'得手'后的事吧。"

"下车一看，天呐，忘了刹闸！人在车里动车在路上动，滑，滑，滑了二十来米才停住……把一条蚯蚓压扁了，蚯蚓被碾了半截，胶在路面上，另半截活蚯蚓呢，硬是挣断了半截死的，逃走了……"

这条可怜的蚯蚓，无疑是那声惊雷酿成的，诸多事故的，连锁反应的一个带灾者。自那时起的好一段时间里，"怀念蚯蚓"成了两人幽会的一个短信暗语。

阿箦得手了阿貌后，尤让他惊诧不已的是，当夜回家，居然成功地交了公粮！而且，交了两次！

"当上处长了？"妻子惊奇又喜悦。

"谁稀罕处长呀。"

"那你稀罕什么？"

"只要能服侍好老婆，我就心满意足了。"

这是阿箦结婚至今，少有的几个妙不可言的夜晚之一。

不过阿箦，除了对自己身体的超常表现迷惑不解外，事实上得手了阿貌后，并不意味着他就业已知音了阿貌。每次相聚，阿貌总是大讲特讲她老公是如何如何好，说她老公烟酒不沾嫖赌无涉。"就是夏天再热，"阿貌说，"他也要大开空调，搂着我睡。"

阿箦始终不接阿貌的话。阿箦觉得他与阿貌的事，不应当把阿貌的丈夫牵扯进来。你老公最好是个外星人，阿箦心里嘀咕着。

阿貌住在"高尚住宅区"。阿箦去了一次，只去过一次。他原本不想去的，可是那天，她拉了一个电烤箱。他不帮着搬上楼，说不过去的。

"我进门的第一感觉是：怎么没有一丁点儿男人的味道呀！确实整洁得很，不见男人的拖鞋，茶几上也没有烟灰缸。"

阿箦好奇之余，难免有几分恐惧，以为正有个陷阱在恭候他，他迟早要失足呼救的。

阿箦无意间得知阿貌老公姓祁。在阿貌断断续续的介绍里，祁先生好像是个投资家，具有天生的市场判断力。祁先生哪儿人呢？按阿貌的说法，祁先生似乎既是北郊人又是南郊人，既在东郊有住宅又在西郊有房产，皇亲国戚似的。阿貌总是自言自语这些，但阿箦从不接话、从不追问，只当收音机听。

"我根本不想知道她老公的任何情况，"阿箦坦言道，"咱把人家的老婆偷了，不好意思知道人家呀。"同时举例说明："就好比您偷了一家人的钱，您最好跑得远远的。您要是不但不跑远，反而在您偷窃的人家周围，花天酒地大肆挥霍，算怎么回事嘛！"

阿箦希望在自己的心里，把从阿貌嘴里获得的有关她老公的一切信息，都不要记住，左耳朵进来右耳朵出去，及时删除掉，删除得越干净越好。但这是不可能做到的，因为阿貌又不是拿鸟语说的。在那些未被删除净尽的信息里，有两个关键词：灞桥，电视差转塔。

一般而言，有钱的丈夫就有条件喜欢很多的女人，很多女人也喜欢有钱的丈夫。丈夫有很多钱，钱就成了丈夫的一大堆儿子，丈夫必定要整日奔波照顾他的儿子们。总之，有钱的人既是钱的管家又是钱的孝子，那个忙啊，跟位高权重的人一模一样。丈夫一忙，妻子就有些空档冷清，自然胡思乱想，不外遇也由不得她了。闲也是闲着。何况明天一定比今天衰老。到了皮皱齿松的时候吃后悔药，有何意义呢。

9

前天吧，北京对口系统来了一帮男女，要去看兵马俑，单位就给赁了一个中巴，派两个年轻人背上钱，陪同着去。谁知其中的一对男女，逛大雁塔逛过了时间，落车了。女一把手正好碰见阿箦开车进院子，没容分说，便要他拉上那对男女，去追那辆一刻钟前出发的中巴。

阿箦满脸堆着笑，幸福地接受了领导现场分派的任务。并不是谁都有这个表现机会的。单位里有的是司机，况且他又是副处长，所以路上，他对那对男女殷勤地问这问那的，话多得一如别有企图的导游。后来他不问了，因为他从反光镜里看见人家，时不时地拉手手呢，斗蛐蛐似的。人要有眼色呢，于是他就一门心思开车。

幸好撵到临潼，就撵上了中巴。将京城的那对男女交给中巴，空车往回返。要过灞桥前，车子忽然就停将下来，似乎是自动熄了火。阿箦感觉了什么呢？尿呀。他走进树林里，冲着树背后掏出家伙。可是只尿了三五滴儿，没有了。甩了甩，也未能甩出点滴来。莫非天太热了？怎么回事？车为什么到了这里就停下来？哦，显然是"灞桥"二字让他无意识地停了车。

灞河的流量比过去大多了，水质也显出基本清澈的样子。这都是封山育林的结果。河堤是新修的，夹岸杨柳繁茂扶疏，影影绰绰地掩映着别墅与村庄。河间的沙洲上，还建了仿古亭子，看上去竟有点湘江里的橘子洲的味道。变化真是大呀！古人常在此处或接风洗尘或折柳送别，演绎过无数的伤感与诗意。

一个高大的电视差转塔，进入阿箦的视线。铁塔上架着两块银色的圆饼，如麻将牌里的二筒。难道这就是阿貌老公的家？没这么巧吧。阿箦老觉得阿貌的话多半是信嘴胡编的，虚夸大于实际的，没有什么可信度呢。反正也没啥急事，前去探探也无妨。

他的车沿着河堤开向电视塔。停下来的地方有个小卖部，周围几乎是院子挨着院子。一棵古树阴凉了小卖部门口的场地，一帮人正在下棋。老板娘给大家不时地添加茶水，棋客们个个光膀子，几乎人手一把蒲扇。争论着棋局的同时，一手揪开裤衩口，一手蒲扇往里揽风。观棋不语真君子，逢困未解是小人。大家眼看着黑棋死亡已定，任什么象棋大师也不能挽回。"你把'象'撑起来试试——"阿箦多了一句嘴。双方正在交换棋子，就停下来，真的撑起"象"。咦，残喘了一步呐。这一残喘不打紧，竟三挪两拐的，将对方的"帅"拱死了！

于是，大家立刻起身让座，唤老板娘上个新茶碗来。新的棋局摆开后，阿箕与一个老头闲拉扯开了。他问此处可有姓祁的，问答说有，三四户吧。"石碾盘过去的那家就是。你是淘古董的？"

据老头说，这姓祁的自小就不是个省油的灯，简直无人敢惹。人是绝顶聪明，偏偏学习成绩总在倒数一二。中学混毕业后，由亲戚介绍到西安一家单位当保安，结果跟人打起架来。岂料对打者竟是个便衣警察！好在对方只是掉了两颗牙。正是那次打架改变了姓祁的命运。姓祁的当时逃呀跑的，拐了几个小巷子，窜进南门外的彩票销售点。他挤进人群，原本是不买彩票的，就想摆脱眼下的追踪完事。可是受了众人争抢彩票的感染，加上舞台上的那个女主持人是他的暗恋偶像，偶像正扭腰台上娇声助阵。姓祁的想都没多想的，钻上前去，买了三十元彩票。哈哈，后来开奖，中了，一百五十万哪！

从天而降的财富，立刻改变了姓祁的命运。他有了车子，搞到手了漂亮的妻子。他结交了几个野性子朋友，倒不嫖也不赌，就爱个逛山打猎。某一次窜进秦岭自然保护区，猎是没打着，半拉脸反倒让狗熊抓去打了牙祭，险些丧命。这小子百无一是，偏偏最好个面子，可是面相破啦。从此，哪也不去了，白天睡觉，晚上电脑上炒股。半夜过后，就溜到灞河边上散步。若是有月亮的晚上，他出门前脖子上必定围一条围巾，远远见了人就遮掩起来。他怕吓了别人，又怕别人见了耻笑他。

"你说人生也真是个怪，"老头感叹不已，"这小子遭了灾，良心倒没受伤，还是蛮好的，还能替别人着想。他妻子可能就是看上了他暴发来的钱，才跟他成的婚。如今他毁了容，他就觉得对不起老婆，非嚷着让老婆滚，滚得越远越好，永远不见他最好！也不让孩子见他，要老婆把孩子送远远的。他老婆只是同意把孩子送到远处，她自己是死也不滚，每周至少回来过两次夜。"

10

"我那天险些，"阿簧说，"去看那姓祁的，可是已经绕过石碾子，距他家门口十几步时，我还是踅回身了。咱跟人家老婆弄那号事，咋有脸见人家嘛。把人羞得。"

我忽然觉得，这个阿簧，这个阿貌，虽然一概好色，却也都有点可嘉之处。遗憾的是阿貌身上，缺少某种"天生的骚劲"，不能写进我的作品里。

这里只关注阿簧与阿貌的爱情状态。

首先是半个月了，阿簧不但没有来看我，竟连个短信也不发。过去可不是这样，每天至少发来两个黄段子。打他电话也是关机。我马上要装修新房，还指望他的车跑点腿呢。阿貌不说也罢，反正我手机里已没有了她的号码，来短信也不知是谁的。这对活宝，成了好事就忘了红娘，连点儿感恩的表示也没有。

不管他们了，写自己的小说吧。谁料想此时，阿貌来了。她的眼皮有点浮肿，显然没有休息好。她送来两条"苏烟"，请我给她的美容院写副字。我的办公室刚好只剩两张瓦当纸，得认真写，坏了就没纸了。就给她写了杜甫的一联：波漂菰米沉云黑，露冷莲房坠粉红。还行，纸没糟蹋。忽然觉得她来请我写字大概是个由头，一定有什么事情要诉说的。是的，是诉说，诉说出来让我倾听。倾听而已。我能给人办什么事帮什么忙呢。

阿簧最近忙什么呢？我随便问了一声。"我正要问你哪雷老师！"她显然在等我说起阿簧的名字，"他是你介绍我认识的，我把他当成……一个，一个真正的朋友，可他，他……"呜呜，哭了。

刚好门房给我送邮件进来，一大摞报纸杂志，还有包裹。周一上班就是这样。门房呈上登记簿，请我签名。我往登记簿上签名的时候，阿貌说声谢谢，卷起字来，拧了拧吊着手袋的那只手，强打精神，姿态装嫩，出门走了。她走得恰当其时。她不走，能说什么呢？这类事情是周瑜打黄盖，两相情愿的嘛。一个要打一个不准打，或者一个不想打一个偏是撅起屁股请求打，这就出现僵局。而这样的事情历来是遍及天下的。况且万事万物有开始便有结束。日有出则日有落。日出甚至就是为了日落。月亮更是这样。月亮出来不仅是为了落掉，落的过程还要凹凸变形，有时干脆连个影儿也不见。头顶运行的天体，正是上天在给世间的男女们上课，启示男女们不要认为爱情很美很舒服就死咬住爱情不松口，企图一辈子荡漾在高潮里。你如果不是傻子，那么你该松口时就松口吧。

我得继续写我的长篇小说。写长篇小说不仅丝毫没有了不起的感觉，反倒常常感觉丢人，相当地丢人。写这些玩意儿有什么意义呢？没有意义，丁点儿意义也没有。如果写长篇小说有意义，那么一只孤寂的猫儿转着圈儿逮自己的尾巴，也就有了意义。不过，就算你认为猫儿转圈儿逮尾巴实在无聊透顶，你有什么理由阻止猫儿转圈子呢？

很显然，我在琢磨写作的意义的时候，正说明我已陷入写不前去的沼泽地里——于是我才认为写作毫无意义，以此来为自己的江郎才尽找借口。我当然不甘心。

我要想办法突围。还是老办法，到郊外转转吧，这该死的城市太让人憋闷了。我打电话给阿篝，没想到这回一拨就通了。"雷老师我不敢开机么，"语气照旧顽皮，"不敢见您呀，怕您骂我，把人羞得！"太逗了，脸皮那么厚，居然把一个"羞"字吊在嘴上。

阿篝来了，我跳上他的车了。他说他确实倒霉、没脸见人。女一把手并没有把他提为处长，另一个副处长也未被提拔；而是将那个女的，排名老三的，科级领导的，处长助理，一下子提成了处长。"我前天才知道，我们一把手是个同性恋！"对于阿簧的这种解释，我不能盲目相信。事情没弄好，不是首先主观检查，而是一概认为外界对自己不公。

"唉，没当上处长，也不后悔，值！"车快到东郊的时候，他说。

我知道他指的什么，但我不想马上点破。我不想接他的话茬，因为我脑子还在长篇小说里。他忍不住了，说开了：

"我那天从灞桥回来，晚上就梦见我被黑熊抓了，怕人哪！以后每天夜里，都是类似的梦……"

由于见了阿貌的丈夫——准确地说只是到阿貌丈夫的住地外转了一圈，阿簧就神经兮兮了。晚上要么梦见熊，要么梦见身后总跟着一个脑袋包着黑头巾的、只露出一只眼睛的男子。

"梦里样子并不可怕，可您说怪也不怪，只是让人羞得不行，比痒痒还难受！"

"你从灞桥回来后，"我的好奇心来了，"又跟阿貌弄了几次？"

"我还正要请教您呢，弄了三次，可是……没一次成功呢，真是丢了先人！"

"公粮还可以交吧？"

"哪里哪里，也他娘的交不成了！"

"呀嘿，今古奇观哪。"

"雷老师您这人好，朋友们都是这个看法。不知咋搞的，一见您，我就啥事都想往出说，说了就畅快。我四年前就有个情人，好得很很！美得，美得没法说！我俩每周约会一次，极尽欢乐之事。我想咱这一辈子也知足了，要官没官，要钱没钱，可是上帝公平呀，让咱的老婆也理想，情人也理想，您说咱还要啥子！可是后来弄糟了，都怪我的情人！她妹妹要在学校里晚会演出，她非得让我邀请一个音乐学院的教授同去看晚会不可，目的是拉个关系，为她妹妹将来考音乐学院铺个路。我就把音乐学院的仵教授邀请来了。谁料想她把她娘家父母、婆家父母，还有七大姑八大姨的，全吆喝来了。而且，还让她丈夫与我挨坐一块！她当她丈夫面把我吹捧的，又给我使劲表扬她丈夫。她显然是想让我跟她丈夫成为好朋友，啥事嘛……把人羞得，脸涨得……从那以后，我们再也弄不成事了……刚跟她搂住，就感觉她丈夫插在中间……完了，完了！过去，当然知道她是已婚女人，但我没看见她的丈夫，就认为她的丈夫并不存在世上；可是现在，我亲眼见了她丈夫啊，还握了人家的手、吃了人家的口香糖啊，那鼻子那眼睛……我看了第一眼，就感觉她丈夫的鼻子眼睛，呵呵，我是到死也忘不了啦！"

　　车子出了城，方向居然是灞桥，这让我俩都很吃惊。我们将车停在路边的柳树下，把玩着骚扰脸颊的柳条，望着那个差转塔，和塔尖的二筒。夕阳里的灞河，如风中的锦缎。河面上群鸟低翔，叽啾答问。远处的秦岭，被水汽烟霭透迤着，蠕动着，似乎是神仙在山上开会，而开会的内容却是非常非常神秘的，我们永远也揣测不了的。

　　阿篝与我商量着，是不是去看看阿貌的丈夫？看看那个被熊抓烂了脸的，极其自爱、极其爱美的，很有钱却也很不幸的男子……

古老的小虫子

我的童年是和虱子连在一起的。

初冬的太阳刚刚下山，家里就生火烧炕了。点着干草，燃着劈柴，红光对着门外的落霞，很好看呢。奶奶早做好了饭，只等干农活的人回来吃。等到天黑还没见人影，就木木地看着鸡鸭跳上门槛挤一疙瘩屎，呆呆地进了圈。炕洞上挂着黑铜壶，水早响了。奶奶说："你将来好生念书吧，看你爹你爷做得多可怜。"叹口气，把我揽进怀里。我知道，她要给我逮虱子。

好像我的肉很甜似的，总爱长虱子。奶奶喜欢给我逮，我就懒得自己动手了。奶奶的两个指头塞进我的头发，轻轻地摸索着。一旦摸着了，便将拇指一翻，就地压死；也掐疼了我的头皮，免不了吱哇一声。于是，奶奶改革了死刑方法：用火烧。不一会儿，奶奶又逮了个虱。"好大的。"她将虱丢进火坑里，烧死尿了。虱死的时候，总是有响声。如果是嘣的一声脆响，奶奶就说："明儿是个好天气。"如果那

124

响声跟自行车跑慢气一样，带个滋溜尾音，奶奶则说："明儿是个阴天。"至于次日的天气是否跟奶奶的预测相同，那我可没记住。不过当时，我觉得很有意思。每逮一个大虱，奶奶和我都要高兴一阵子；每听一声火葬虱子的脆响，心里就有说不出的安慰。我久久地看着火炭，看着上面那烧过虱的小黑点，直到小黑点渐渐变红，最终消失。虱子真好。如果某天晚上没有逮着虱子，我就觉得自己做了错事，对不起奶奶。晚上睡觉，梦见个跟我一般高、一般大的虱子。

我进学堂了。

有一天，我们请老贫农毛大伯讲课，也就是忆苦思甜。毛大伯嘴很大，好像一使劲，脑袋就会断成两截。我坐在前排，毛大伯的唾沫星点到我的唇上，有股旱烟味。他说，过去，大年三十，他还给朱大头背盐，吃尽了苦头，人家才给他一篮红薯，还不够跑路的草鞋钱。说着说着，哭了。

"打倒地主朱大头！"

坐在讲台下的老师领我们呼口号。

毛大伯擦了眼泪，又说，大家要爱惜粮食，粮食是养性命的。说有一次，他在茅厕板上发现一块柿子皮，捡起吃了。"这有啥脏的？没有大粪臭，哪来五谷香！"他还要我们爱惜粪便，说他下地干活或出外，从不乱拉乱尿，总要夹回自家的茅厕；实在夹不住了，也要浇到庄稼根上。"不能浇得太近，不然烧死了！"说着——

他把手塞进衣襟，从里面摸出个虱来。他将虱放到讲桌上，欣赏了一下，便用拇指甲掐了。这是我听到的最响的掐虱声。或许是受了感染，我的身上也痒痒起来。教室有了骚动，板凳吱吱响。回头一看，大家都在身上摸虱。

老师拿眼睛瞪我们，立即呼口号制止：

"向贫下中农学习！"

下课后，大家都议论虱子，并为每一个人都逮着了虱而自豪。可是我们发现，朱大头的孙子朱小狗的脸色不对。经过盘问，他果然没逮着虱。我们愤怒了，骂声狗杂种，就把他拉到墙根上，从两边往中间挤，直把他挤得哭了，尿到裤子上了。放学了，我们走在大路上。想起朱小狗，不由得生气，就把他抬起来，打算扔进河里。他吓得四脚乱蹬，直道："我有杏子！我有杏子！"想起他家那又大又甜的黄杏，我们直流口水，便放下他，要他第二天给我们带杏子吃。

暑假到了。假期的内容是：打猪草，捡柴火，放牛羊。早上起来，也不洗脸，揣两个烧土豆，厮跟着小伙伴们，上了山坡。各人干各人的活儿。牛羊不听话，到处跑。害怕它们吃庄稼，我们就将尿攒起来，浇在一片丰茂的草丛里，牛羊们就在那乖乖地吃半天，一直要把草根拔起来。听得空中大声响，就仰起了头，一直把飞机看到没了踪影，呆呆的，好久好久，没人说话。听老师说，世上还有汽车，还有火车，但我们没见过，只能想象，觉得那也许好玩。我们也有玩的，玩小鸟，玩蟋蟀，玩萤火虫，玩水。没啥玩了，就玩身上的虱子。

我们把虱子逮下来，放在石板上，看它慢慢地动，然后掐了。掐了再难摸到，实为供不应求。我们打赌：谁若贡献不出虱，谁就去替大家打猪草，或捡柴。有一次，只我一人捉到虱，他们三个就替我捡了一捆干柴棒，实在高兴。可我去撒了泡尿，回来却发现石板上的虱不见了——他们便不给我打猪草了。隔了一会儿，宝蛋摸出个虱来，得意扬扬地说："这回呀，你去给我打猪草。"我一看，这虱很白很胖，脊梁发红，分明是我身上的虱，被他刚才偷了去。我骂他是贼娃子，他一挺肚子："日你妈，你狗日的敢骂老子！"三下两下的，我俩打了起来。

另两个劝开我俩，说："咱就这一个虱子，争啥呢！"于是，捡个乒乓球大的石块，将虱压住，然后去干活。干完活回来，取开石头，那虱还能跑动。我们都很吃惊：老师不是说过，蚂蚁是世界上的大力士！

上中学的时候，才知道虱子是种肮脏的小东西。谁要逮了虱，那会遭人耻笑的，特别是女孩儿的耻笑。女孩儿的耻笑最使我们伤心。

学校办有农场、牧场。我们种地，我们放牧。我们没饭吃，没肉吃。虽说学校离家几十里，可我们多半不住宿，因为饿得慌，都跑学。放学就往家里跑，抓住什么就往嘴里塞什么。肚子鼓圆了，又往学校跑。临到学校，三两泡尿，肚子早扁了。有一次回家，进灶房就揭锅盖，见一黑蛋滚进糊汤锅里：是鸡屎。权当没看见，伸手抓出来，甩了，一气吃了四大碗。好多学生受不了，家里也供不起，退学了。

退学就退学吧，反正一星期只上三个半天课。说是上课，却不用课本，只念报纸或《红旗》杂志。每个团员都得订《红旗》。很多字认不得，老师摇头念，我们晃脑听，懂是它，不懂也是它。

坐在前排，听不懂，没意思，我就溜到后排的孙贵桌上。孙贵个子很高，曾参加过县上的运动会。没人愿意和他同桌，因他爱放屁。饥屁冷尿热瞌睡，此话实在有理。何况孙贵的屁放得极为出色：想啥时候放，就啥时候放，想放几个，就放几个，而且音调、强弱、长短都不雷同。老师拧过身，在黑板上写"批儒评法"几个字，法字刚写三点水，就听个炸屁响起，好像屁眼儿破裂了。教室哄起来，男生拧过头瞅他，女生捂着嘴，脸贴桌面地窃笑。只有两个人不笑：一是老师，一是孙贵。特别是孙贵，正襟危坐，一脸严肃，好像要接受某个庄严的任务。老师不好说屁字，只让大家注意课堂纪律。等安静下来，老师继续念社论时，孙贵却嗤嗤发笑，大家又车过头看他。老师只好停下，说："屁是不值得笑的。干吗要笑屁呢？实际上，放屁和打嗝一样，是人的正常生理现象。由于屁是从那个不干净的器官里冒出来的，所以有臭味，所以放屁是种不文明行为，尤其是在公众场合。希望个别同学克制一下。人要自尊自爱嘛。"说完，接着念那天书般的社论，并不曾看孙贵一眼。孙贵坐不住了，站起来说："报告老师，屁是我放的。"同学们大笑起来。"承认了就好，以后注意些罢。"

老师本来不想纠缠这个，可孙贵又说："我克制不了。"原来，孙贵在县上参加运动会时，被省体院的一位气功教授发现了。那教授觉得孙贵聪明伶俐，又长得可爱，就给他说了一套简单的练气功的方法。加之孙贵十分羡慕运动员顿顿都能吃肉夹馍，所以就死命地练气功。只可惜再也见不到那教授，气功练歪了……听了这话，老师说："那你放的屁一定不臭。"孙贵慌忙答道："是呀是呀！"老师又说："那是假屁，是你练气功练邪了。气在人体内走的是个圆环路，你练的气没有沉入丹田，在该沉丹田的时候却漏了……这可以纠正过来。你以后练的时候，到了关键地方，就默念'请回去、请回去'，准能见效，这叫意念控制。本生意，意生气；意制本，本导气……"后来孙贵照老师说的去做，果然很少放屁。

可是有一天晚上，我们偷了校园的苹果，几个人正在悄悄地吃，孙贵来了，也要吃。一个同学说："孙贵，你要是能一连放十个屁，就给你一个。"听了这话，他就闭上嘴，憋了气，眼看天花板，一连放了十个小屁。显然，他是把一个大屁分开、节约施放的，最后一个小得几乎听不见。我们给他一个苹果，他两嘴就吞了，连核也没吐。

吃得有点噎，他的眼里闪了一下泪光。

我坐到孙贵的桌旁——因他爱放屁，没人跟他同桌——有点后悔，怕他的屁影响了我。还好，没啥响动。可是，我却发现个异常现象：孙贵在逮虱。

他从衣袋里拿出个用完了药的青霉素小瓶儿，将逮来的虱放进去。我发现的时候，里面已有七八个虱了。好在老师没注意，我就悄悄地问孙贵："你把那东西装瓶里干啥呀？"他说："我爹每逮了虱，舍不得掐死，拌到鸡食里，喂鸡。我学我爹呢。"他还说，现在人都没啥吃，还顾得上鸡？不喂鸡呢，又没啥换点亮油。我很想给他摸个虱，可摸索了我手能去的地方，也还是个惭愧。

在给附近的生产队修大寨田的时候，我们想着法子偷懒——多半以拉肚子为借口。我们轮换着，三三两两地躲进石凹里，仰卧看云，看鸟，看树上的蜘蛛。想起孙贵，就逮个虱送给他。起初，孙贵对于我传播了他的秘密，很为不高兴；后来，见同学们都真心实意地把虱献给他，就挤出两个屁来答谢我们。

后来，孙贵的父亲夜里给牛添草，跌残了腿，孙贵只好提前退学。走的那天，他早早地来到学校。他把我们几个好友叫到校外的水井边，从内衣掏出一颗熟鸡蛋，用小刀匀给我们每人一等份。

我们都没说话。

这时，老师来了。孙贵很尴尬，因为手里没有鸡蛋给老师了。老师一笑，递给他一个玩具算盘，说："孙贵，我也没啥送的，你把这个拿去吧。你也上了中学，可还不会打算盘……也怪我。"

孙贵接过算盘，不敢正视老师。

也许是为了宽松气氛，老师忽然像孩子似的顽皮地说："孙贵，给咱放几炮吧！"

然而，孙贵迅速看了我们一眼，终于没放出屁来。他走了。天上下着蒙蒙细雨。雾很大，很快就看不见他了。

毕业后，我就回乡劳动了。天天啃泥巴，撬石头，累得倒进猪圈也能大睡，哪还有精神洗脚洗澡。这个时候的虱子最多，可我却没什么感觉。只是逢到夜晚开批判会，才想起摸虱，那自然是消遣。

后来大学开始招生。我因实在吃不下劳作的苦，就在煤油灯下发愤成了近视眼，竟然如愿以偿了。

此后我想：再见吧，虱兄！

可是，忽然有一天，我们宿舍发现了虱子：一只中等身段的黑虱出现在老丘的白被套上。老丘虽说下了五年乡，但毕竟是城里人，又是厅长的儿子，显然，这虱不是他床上固有的。他用大头针将虱戳上，细心扎到桌面，问：

"谁的？君自何方来？"

大家立刻凑过脑袋，惊讶地欣赏着，好像欣赏一只来自南极的企鹅。接着，又各自跑上床，掀开被褥，长长地出一回气。

"今天宿舍都来谁了？"

大家七嘴八舌地说，早上来了个老太太喊叫洗被子，本宿舍无人洗。她只站在门外，就是身上有虱，也不会进宿舍的。接着，班主任来看望生病的志敏，班主任能长虱吗？午饭时，隔壁宿舍的团支书来借菜票，也不会带虱，因为他出生在本市卫生世家——代代开浴池。下午，胡斌的对象来了，但这女子是体操运动员，很难想象女体操运动员身上趴一只虱是种什么情景。晚饭后，心理学老师来征询授课意见，当然不会带来虱，因为毫无疑问，长虱的人是不配研究纯洁的心理学的。

看来，这只虱不属"外来文化"，是纯粹的"内部糟粕"。

"算了，算了，没啥意思。"

"别动！这涉及名誉和血统的大问题，万不可怠而慢之！"

胡斌扶了扶眼镜，仔细观察起虱来。他有一种恋动物的癖性，他父亲去世那晚，他依然坚持看完美国电影《动物世界》才去医院。达尔文的那本《物种起源》，他写下的批语比原文还多。

"根据弗洛伊德理论，这是只母虱。"

我们十分吃惊，忙问原因。他正色道："因为咱们是男生宿舍嘛。"

大家笑了笑，很快就转回破案的正题上。大家首先肯定这是"内部糟粕"，然后再分析它的故居。因为进门就是老丘的床，也许是谁进门就躺在他的床上，遗下作案物证。通过大家的语言暗示，我觉得他们都怀疑是我或肖虎身上的，因为我俩是农村人。但是，肖虎生病三天，躺在上铺没下来；我呢，进城三年来，早就异化了：每天刷三次牙，每周换两次裤衩，这他们都知道。何况，虱子从毛孔里出来的传说早被寄生学家的研究所摧毁。

悬案一桩。

第二天，刚好是古汉语的结业考试。教这门课的殷教授，五十年代曾去罗马尼亚讲过学（这一点，他几乎每堂课都要提到）。他给我们出的考试题是：用文言文写一篇不超过二百字的文章。写什么呢？我想了想，自己生在荒山野凹，没见过大世事，加之死也学不懂古文。忽然想到虱君，乃作《虱赋》一篇，其辞曰：

> 虱者，动物体表之寄生虫也。虱卵光洁，白比远星。壮虱如黑米黄蚁，捻之若葡萄。然察斯小虫，力擎其体九百倍，霸王愧矣！虱喜贫家——盖因人畜杂居，乃虱族繁衍之沃土也。沐日戏虱，黎民之大乐也；朝处夕伴，不寂不寞也。虱吮农夫之血浆，嗫村囡之膏脂，故其体蓄百味，乃上等之鸡食也。虱虽传斑疹而播伤寒，实乃救黔首于水火、我佛假度之大德也。世孕阴阳，虱怀优劣，乃辩证之一分为二也……噫唏嘘，美乎虱哉！

在评讲作文的时候，先生批评了我，说我违背了传统的"文以载道"。先生还说文章要写美的东西，如屈原的橘子、沫若的银杏、杨朔的荔枝等，诸如此类能够引起美感。"当然啦，"先生对虱也并非全无兴趣，"魏晋风度也包含着虱，当时讲究一边捉虱一边谈玄。晚唐诗人李商隐也早写过一篇《虱赋》；现代文学之父鲁迅同样写过虱，阿Q吃虱……问题是，他们并非就虱写虱，而是'以虱载道'……其实，洋人比咱们还爱长虱——何也？乃洋人之体多毛之故也。我在罗马尼亚的时候……"

殷教授"学者"了一番后，不知是出于什么原因，又把我的作文朗读了一遍，并指出句式单调，缺少变化，老是"××者，××也"。

参加工作后，因常常下农村，就免不了跟虱们打些交道。

——那地方叫羊角沟，两山夹峙，抬头看天，好像脑袋扁了。村主任安排我住到刘石头家。刘石头是这个村唯一的千元户，是开拖拉机发的财。

见我来了，刘石头夫妇很高兴，也很难为情，因为我进门槛就踩了一脚猪屎。刚好吃饭，主人就端上一碗干巴巴的苞米糁洋芋糊汤。上大学前，我实在吃腻了这种饭；现在吃起来，却十分可口。我刚撬出一个洋芋，忽然从地上弹起一只黑猫，一爪子打掉了我筷子上的洋芋。猫爪子是白的，天却黑了。

点了煤油灯，主人领我进屋休息。妻子抱着孩子，孩子揪吮着她那松垂的奶子，娘儿俩去邻家找歇处。我和刘石头同床。我刚进里屋，就觉一股霉酸味溜进鼻孔。两个长胡子的老鼠在板柜上摔跤，叽叽溜溜。见了人，它俩迅速跳下来，钻进了炕洞。刘石头掀开被子，说："你先上床吧，我去关羊圈。"我一看被子，竟那么多虱。被里是麻黑色，油光光的。只有仔细看，才明白这被里原本是白的。上面布满了虱，如军事演习场上的小坦克。特别是被缝，一条线的虱，像步兵：正缓步前行呢。有诗为证：两个老鼠鸣床底，一行虱子上被头。

刘石头回来了，我说："家里有药粉吗？给床上洒点。"他说没有。"债多不愁，虱多不咬。"我想了想，就说："其实，我家里也长虱，我小时候还玩虱呢，怪有意思的。"他说："可不是么，虱子还救人命哩。"

下面，就是他讲的虱子救人命的故事。

这地方很穷，不通车，也没通车的必要。可是，有个人想发财，苦口婆心地说服了妻子，冒险从信用社贷了两千块，买了辆手扶拖拉机，到沟外的川道里跑生意。他自己不会开，雇了个司机，每月给一百五十元。生意不错，每月能净挣一百元。过了三个月的好日子。忽然有一天，拖拉机翻到崖底下去了；司机架到树杈上，住院花了八百多块，才救活。他妻子见状，心想这下没活路了，就喝了三包老鼠药。他急忙将妻子背到村医疗站。可赤脚医生那儿，除了几包去痛片外，别无他药。丈夫急得直喊："救命呀！救命呀！"妻子紧锁门牙，直叫："我不活了！我不活了！"赤脚医生摸着头，干看无法——就在这时，他的手从后脑勺上摸出个肥虱，一个天才的急救方法诞生了——"把她嘴掰开！"丈夫拼命掰开妻子嘴——"哈哈，给你吃个虱！"一下弹进她嘴里——"好你个——"妻子没说完这句话，就哇的一声大吐，食物全倒了出来，足有半脸盆，还带有血丝呢……

"活了？"我问。

"活了。"刘石头答道。

这太荒诞了。

"你瞎编的吧？"

"我咋能哄国家干部？不信你问我老婆——她就是那个吃老鼠药的人。"

说完，他倒头便睡。不一会儿，鼾声骤起，如沉闷的石磨。

可我怎么也睡不着，因为虱子对我的肉体发起了全面攻势。尽管，虱子咬人不及跳蚤凶恶，但多了也够受的。我决定大开杀戒，一旦摸着，即毫不含糊地掐死——有一回还是双响。指甲上的血蹭到肉皮上，黏糊糊的。但是，似乎越掐越多，那些没掐死的便以三倍的报复来袭击我，以至使我觉得，好像有一串虱子手拉着手，倒栽着进了我的喉咙，跟他妈的猴子捞月亮似的。"老鼠捉大象，蚂蚁搬泰山。"我不由得想到这类不朽的格言：一切小生灵，只要团结起来，便会产生强大的力量。我的肉体又疼又痒，心里如夏天的粪坑。我自认失败，决定放下"屠刀"，不掐虱了，并竭力想些虱们的好处，以及我童年与虱们的深厚友谊……

果然，不太咬了，被窝里恢复了平静和温暖。不知这是心理作用呢，还是虱国也有既往不咎的文明风尚？

我在一片祥和的朦胧氛围中悄然入睡，眼前出现了一片盛开的鲜花。花园里有一条珠玑铺成的甬路，我踏着甬路往里走去。迎接我的是一幢用玻璃建成的闪闪发光的房子，房前的台阶上立着一位鹤发童颜、目光炯炯的老人。老人领我进到大厅，只见一只特大的玻璃柜子立在大厅中央。柜子里是一只大如猪、状若龟的虱子标本。老人指着它对我说：

"年轻人，你不知道它是什么吧？告诉你，它叫虱子。很久很久以前，像恐龙一样，它也在我们这个星球上消失了……"

官　司

　　吴妮刚刚洗漱化妆完，门铃响了。谁大清早来访呢？也不提前电话预约一下。大概是物业检查什么管线吧。

　　吴妮走过客厅，门铃轻柔地二次响。一开，眼前立着一位唐装男子，彬彬有礼地左手贴胸，微微鞠躬道：

　　"吴总早上好，我是欧阳山樵，前来报到。"

　　"哎呀，瞧我忙忘了，快请进，请坐！"

　　欧阳进门了，迟疑不坐，一副恭听训示的样子。

　　这时，电话响了。

　　"不好意思，上午约见个新加坡客商，不能陪你。"

　　"吴总不要搞错，我只能听命于您是否要陪，怎可让您陪我！"

　　吴妮当下感觉温暖，竟有点不好意思。这么多年，还不曾在哪个男人面前不好意思过呢。

　　"山樵，不要用'您'好不？生分！"

"好的吴总，该忙啥你忙吧，请给我找一把门钥匙。"

吴娌找出钥匙给欧阳，同时拉出门柜抽屉显出一堆钱，告诉山樵要用了只管拿。

"你手机号——噢，怎么通气呢？"

欧阳解开领口，背面有个二维码：

"你扫一下，随时发指令就行。"

吴娌出门，电梯直接下到车库开出兰博基尼，一路上感觉科学真奇妙。她因两次婚姻失败而有了现在的身价，值与不值姑且不论，总归走到这一地步，也不想男人了。

半个月前路过"侣仁智能"，早闻是个中日韩合办的机器人工厂，就进去看稀罕。转了一圈颇来兴致，当下订购一个。她要求机器人能烧饭拖地、浇花洗衣服，外加推拿按摩即可。文化程度设定高中毕业，能考上二本。至于形象，她从手机相册里随便翻出一张，让那位白大褂的博士工程师设计时参考。

又说了身高，右耳垂上最好能有个不大显眼的痣。签合同，预付金四十二万。试用半个月，可以的话二次付款四十二万。不合适了退货，返款一半。临别时，她又给机器人取了名字。没想到半月刚过，竟不用亲自去提货，机器人自个儿上门了！

中午洽谈很愉快，要不是外国客人需她尽地主之谊，她就回家跟山樵共进午餐。二维码留言欧阳，对方很快回复：好的，我在整理书房。

下午依次接待专利局文管会电视台，中途上厕所时传信欧阳，请煲个鸡块香菇玉米靓汤。下班路过超市，买了法式面包。掏出钥匙，想想，又装进口袋，敲门。欧阳开门，一脸微笑，接过她的手袋，弯腰递过拖鞋。

“家里有个人真好！”吴娓补充道，“我进门时能否抱我一下？”欧阳就抱了抱她。“能不能将我屁股拍两下？”山樵就再次抱她，抱离地面五寸放下来，弯腰拍了她屁股两巴掌。

“我上初三时，一次体育课翻单杠，甩上半空双手脱了，体育老师立马双手逮住——又惊吓又惊喜，第一次被男人摸屁股……体育老师，嚯嚯，那叫帅噢！”

欧阳一脸茫然，不知如何接话。

“我给你说的所有话，不可当外人讲！”

“放心，凡涉国家机密与个人隐私，我会及时过滤掉。如果有人问急了，我就坦白自己是机器人，无可奉告多余话。”

“太好了！”晚餐很愉快。欧阳并不吃，只偶尔将筷刀叉勺弄出一点小响声，以激发女主人食欲。

各房间被整理得有条不紊，书架上的书也按精装简装、高个矮个摆码有序。与欧阳同看新闻，只要是韩国的她都看完，因为女儿在韩国读大二。调至电影频道，一对洋男女正热吻，身体某部位抽搐一下。一瞧山樵，也正瞧她，欲言又止。算了，四十六的人了，没那事净心！

“吴总，有些服务，需要我回公司另装芯片，价格——”

“——打住！会开车吗？”

“方向盘上挂根骨头，狗都能开车。”

把吴娓逗笑了。明天中午与副市长吃饭，不能酒驾。副市长是逢饭必酒的。酒量不大，只是好那一口。

欧阳驾车返回途中，远远看见一个戴口罩女子路边连蹦带跳拦不住出租，就风筝开翅般堵住他。只好停下，拉上。那女子父亲脑梗，医院里急诊。这就坏事了。

三天后吴娓收到法院传票。其实也不用惊慌，成功人士是经常收到传票的，由法律顾问应对好了。只是这一次，说她侵犯了他人肖像权！

原来，她订制的机器人欧阳山樵，模样借鉴了体育老师。那个拦欧阳搭车的女子，恰是体育老师的女儿。

温　泉

　　我出生的时候我母亲已经四十八岁了。四十八岁的女人还能生孩子可真是个稀罕事。难怪我在我母亲肚里存在了六个月她一点儿也不知道。她起初以为有了病，乡间的庸医也一口咬定她的肚子出了问题，就弄了几背篓草药让她吃。直到我在她肚里会做一些类似武打电影中的花拳绣腿时，她才明白她怀孕了。我父亲则得意扬扬，觉得他已近花甲之年还能下种结果，实在是伟大得很。我父母那一代人把生儿育女看成是人世间至高无上的乐趣，并坚信生得越多越体面。他们这种古怪的追求搞得我们以后的生活一团糟，而他们自己却躺进坟墓里逍遥自在、撒手不管了。

　　我母亲得知她怀了孕时，她那灰白的脸上就出现了一些与她的年龄极不协调的黑斑或红潮。其时，我二嫂的肚子也日渐隆起，婆媳两个同时制造孩子实在是滑稽透顶。因此，我母亲用了一条裹缠勒住肚子，继续若无其事没日没夜地干那些永远也干不完的活儿。她想以此来躲避和消除那些怀疑与嘲讽的目光。日子越穷越苦，弟兄们便越是闹着要分家。谁偷吃了一块红薯干，谁私吞了两角公款，都直接导致内战的爆发。所以，我的五位兄长整日吵着要分家。我父亲说急什么急，树大发权，人大分家，但得等你们妈生了孩子再说，要是给你们生个小兄弟，这家产就应该有他一份。这时大家才知道还有个对手要到世上来瓜分财产。我的五位兄长又羞又恼，要不是我父亲高大剽悍，他们没准要揭竿而起的。

我母亲出尽了全身的血液，才把我投放到人生的市场上。半个小时以后，我母亲老了，去世了，像一根风干了的稻草。真对不起你呀死鬼，她给我父亲说了最后一句话，我给你留了个累赘。于是五位兄长给我取名为蝎子，因为蝎子出生之日，便是蝎母死亡之时。三天后，母亲入土了，我二嫂也同时生了个男孩，给我生了个小我三天的侄子。我二嫂是个健壮如牛的女人，吃糠咽菜也能生产出源源不断的奶水。她倒有意让我吃她的奶，可我的二哥坚决不同意。我二哥对我恨之入骨，因为他觉得是我杀害了我们共同的母亲。经他这么一提醒，我的其他四位兄长齐声喊道：可不是么，这个小杂种！

我来到世上刚刚十一天，我们这个大家庭就分裂了，我当然是和我父亲住在一起。我母亲的去世就等于我父亲死亡了一半，这剩下的一半完全是因了我才苟延残喘地硬撑着，他昔日那种天子般的威严业已荡然无存。为了我，他看尽了驴面狗脸。我在我母亲肚里的头六个月，全是由那该死的庸医开列的草药汁水滋养的，所以我生下地时像个剥了皮的瘦耗子，带一身查不出名堂的疾病。对于我能否活下去，我父亲在相当一段时间内持怀疑态度。好在我的饭量很小很小，一个时辰有三匙米水就平静稳定了。所谓米，并不是白大米，而是黄苞谷米，要把这东西熬成烂浆细汁才行。

我的五位兄长都成了家，连十六岁的五哥也不例外。他们争先恐后地生产孩子，好像谁要给他们发勋章似的。由于对我的仇恨，他们对父亲冷如寒冰。在我满月时，父亲抱着我跪到母亲的坟上哭得天旋地转。村里人见了，无不哀怜悲恸，纷纷表示要支援我们父子。鉴于此，我的五位兄长就把自己检讨了一番，觉得往日的做法太看不过眼太丢面子了。于是，他们做了好吃的，就把我父亲叫去，但绝不要我随同。我父亲吃了好饭后总要包一满嘴带回家里，吐出来给我熬成粥乳。不幸的是，这个秘密很快被他们发现了。自此，父亲每次吃了他们的好饭要走时，他们总会跟父亲说些非答不可的话。父亲就只好在答话前咽下那口饭。父亲后来因噎食病（食管癌）去世，根子大约就是在那个时候种下的。

那时人们最大的理想就是吃饱肚子。而我父亲的理想则更为具体：在他活着的时候，千万别让我死了。换句话讲，哪怕他死的第二天我就死，他也会觉得尽到了他做父亲的义务——儿子毕竟死在老子之后嘛。为了达到这个目标，我父亲每天晚上一黑定，便用腰带将我绑在炕头的纺线车上，然后拿出那个锈迹斑斑的茶缸，像夜狐狸样消失到门外了。他知道谁家有老母猪，更知道谁家的老母猪刚下了崽。他翻进人家的猪圈，先温柔地给老母猪搔痒痒，老母猪就乖乖地无比幸福地伸展身子不动弹了。这时，我父亲就趴下身子，边给老母猪搔痒边咂它的奶水，咂出后再一口口地吐进茶缸里。然后拿回家放进一点古巴红糖，煨热了喂我。一次，他被人家的狗当成了狼或野猪什么的，被那狗一直撵了回来。令人惊奇的是，我那六十岁的父亲竟安然无恙。他不但没受一点伤，而且茶缸里的奶水也没洒一滴！

关于这段历史，我父亲本来是永远也不想让我知道的；后来我长大了，第一次吃猪肉时，刚沾嘴唇五脏六腑就乱作一团，并大口大口地往出翻呕，我父亲这才不得不告诉我，说我是吃了猪奶才保住性命的，因此菩萨就不准我吃猪肉。

我吃了一年的猪奶，到五岁时才开口讲话，讲一些简短的语言。而且我的脑袋笨得出奇，活活是个两脚直立的小猪。我通常的生活就是卧在门槛里，脑袋莫名其妙地一奓一拉，同时嘴巴也莫名其妙地一张一合，仿佛是在逮捉那只在我面前飞来绕去的苍蝇。我身上痒了也不用手搔，而是靠在树上或墙上蹭。加之食物中常有树叶和观音土，我拉的屎也跟算盘珠子一样又硬又黑。比我小三天的侄子金财，就是我二嫂的儿子，把我当作玩具，我要吃他手上的烧土豆，他就故意将土豆沾点鸡屎递给我，我毫不在乎地接过来塞进嘴里大嚼起来，因为我的智商决定了我无法判断鸡屎是脏还是净。金财还让我学猪叫。这也是我的拿手好戏。看着金财笑得裆里的小鸡鸡直打战，我也兴高采烈快活不已。

直到我九岁的时候，我父亲才把我送进小学堂。他老了，下地干活已不及妇女了。而我总像是他的脚镣一样一刻也离不得他，搞得他担水打柴不住地磕绊跌跤。父亲送我进学堂，与其说是让我学知识，不如说是请老师当我的保姆。老师起先不答应，我父亲说，这学校是共产党办的，我们贫下中农的孩子不能上谁还能上，唉？这么一说，老师就硬着头皮接收了我。

学校在我们家三里外，是个地主的院子改建的。说是院子，其实很简陋，不过三间正房两间厢房，再用个直角围墙连住而已。我上一年级的时候，与我同年同月出生的金财已上三年级了。在一年级的全体同学中，我的年龄最大，个头却最小。所以，老师就安排我坐第一排的第一个位子。泥坯支撑着石板便是课桌，木头锯成圆饼算是凳子。班长由竞赛选定，裁判当然是那位活宝老师。竞赛规则是撒尿，围墙上画个老地主的漫画像，老师让大家憋一泡尿，轮流往漫画像上浇，谁尿得高尿得准谁就有当班长的希望。结果，那个尿得最高最准的同学当了班长——他一股尿射中了地主的嘴巴。而我呢，由于身小力微、内气欠佳，连地主的脚也没有浇着，并且一半都湿在了自己裤子上。

要上学，父亲抱我去；放学了，父亲背我回。父亲虽年老体衰，可我也就那么几斤重。两个学期结束了，我还是个糊涂蛋。我仅仅知道高粱秆儿就是算术，算术就是高粱秆儿。老师要求每个家长给学生制作一个算术机器：用一根线串上十根三四寸长的高粱秆儿。老师就用高粱秆儿教学生数数字，数一个，在黑板上写一个1，再数一个，在黑板上写一个2……但是，整整两个学期，我只能数1，2，3，4，以后的数字怎么也不会，更不用说简单的加减运算了。对此，我父亲和老师一点也不奇怪。

他们决定让我再蹲一年级。

这时，学校来了个女老师。很久以后我才弄清她的来历，她本来在县城教书，因父亲是国民党的三青团员，她就被贬到乡下了。丈夫也跟她离了婚，儿子才两个月。孩子虽然很小，但毕竟是革命接班人，自然归革命的父亲所有——她丈夫是县文教局副局长，是当年很红火的一个人物。

她姓栾，就是我的永远难忘的栾老师。

她来的那天似雪乍雨，一辆架子车拉着她的行李，行李上蒙着一块浅黄色塑料布。泥路很滑，车轮子变得又胖又涩，搞得两位接她的男老师怎么也拉不快。她只好挽起袖子，用手不住地剥去车轮上的泥巴。路上的行人也来帮忙，因为大家都没见过这么漂亮的女人。及至到了学校，栾老师和架子车已经被人们严严实实地围在中间了。

大家帮忙卸车。行李很简单：一架风琴，两个瓷盆，三床被褥，四个衣服撑子。衣服撑子虽是竹棍儿弯制的，可大家都不认识，都不知作何用。至于风琴，都一致认为是个装糖果的箱子。一个孩子摸着琴键问道，怎么有这么多的锁子呀？栾老师说这不是箱子，是风琴。这有什么用呀？弹着听的，好听得很呢。栾老师不顾浑身的泥浆，坐在车把上，沉思了几秒钟后，就弹起了风琴。随着她双脚踩水车似的动作，那双纤巧的手打水漂儿似的在键盘上来回滑动——于是，一种不可思议、清越悠扬、无比奇妙的声音袅袅而出。大家起先很是紧张，但是听着听着，脸上就出现了一种憧憬而亲昵的表情……

　　我记得栾老师来的第二天，我们那条小山川的形势就一下子大好起来。满山遍野喷红吐绿，空气中充满了令人陶醉的春天的香气。我虽然还是一年级，可是，当栾老师出现在讲台上时，我的脑袋似乎突然颤抖了一下。我弄不清这是什么缘故，我只是本能地感觉出我的耳朵灵敏了一些，眼睛也比过去亮了许多。我听见了我以前从未听见过的小风中树叶的微响；我还第一次发现除了太阳，其余的东西也是发光发亮的。栾老师讲课的声音柔和美妙，抑扬顿挫的普通话令人心驰神往。她和她的前任一样，仍旧用高粱秆儿给我们教算术。可是，一见那稀奇古怪的阿拉伯数字，我就害怕得浑身抽筋。栾老师不厌其烦地给我教给我讲，我仍是呆若泥人。她教我念一声我就念一声，而她转身上讲台指着同样的字要我再重复一声时，我又不会了。我似乎记得她深深地叹口气，脸上露出一种极其悲悯的神情。

　　学校的老师都是附近的人，因此一放学，院子就空空荡荡，只剩栾老师一人了。她的房间门就在教室的黑板旁边，小小的锅灶也在教室的墙旮旯里。她吃的商品粮，饭菜总比我们农民家的高出一等，即使是野菜，她也要拿筷子蘸点油炒了吃。自学校的上空升起了栾老师的炊烟，一年级的学生就再也没人迟到了，大家都是一路小跑赶到教室，目的是看能不能沾栾老师一点光。要是碰上栾老师改善伙食，那么开饭就迟，学生们来了，她多半才吃几口。大家在她的小灶前走来走去，即令身子在别处，眼光也始终如一。这时，栾老师就不吃了，就拿勺子将那剩饭余菜均匀地分给大家，即使只有烟头那么大一点，大家也会有过生日的感觉。在吃这一点上，也只有在吃这一点上，我的智商和我的同学们差不了多少。

我记得有一天，大约是栾老师来学校的第五天或者第六天，我吃了早饭——燕麦枸叶糊汤——就往学校跑。这时的我已不需要父亲接送了，我一路跑一路想象着栾老师吃的是什么饭。扑进院子，冲入教室，发现栾老师正在洗锅碗。我立刻失望了。走出教室，发现院里没一个人。栾老师跟了出来，说，星期天你来干吗呀？我没吭声，因为我不知道我来干吗。

栾老师要我帮她抬风琴。因为房间漏雨，湿了风琴，要弄出来晒一晒。我个头小，抬不动风琴，只好呆看着栾老师吃力地将它搬出门槛，再挪到桃树底下。一些桃花开始飘落，余下的就拼了死命放肆地开放。栾老师拿出一大一小两只凳子，我和她坐在风琴的一前一后。她掏出孝布似的白手绢，细心地揩拭风琴。见我像个呆痴的小狗木在那儿动也不动，她就说，你想听风琴吗？我好像点了点头，或者吸溜了一下鼻涕。她滑了一串悦耳的音节，说这就是哆来咪发唆拉西。她又弹了一遍，又讲了一遍，如醍醐灌顶，我很快领悟了。栾老师朝后甩了下头发，重新坐好身子，十分专注而带感情地弹了起来。一粗一细两股清泉般的声音告别她的十指，娇喘柔媚地缓缓流出，居然带着难以比拟的香味……很久以后，我才恍然大悟，她弹的是歌剧《白毛女》。由于她天天演奏，我天天倾听，所以几十年后的现在，我仍可以凭着记忆，一个音符不差地默写出整本《白毛女》曲谱。

然而，我最难忘的并不是这些，而是那天中午发生的另一件事。栾老师弹了一阵琴，大约是累了吧，就脱了灰卡其外衣，展露出雪白的衬衫——以后我每见到埋死人的场面，就联想起栾老师的雪白衬衫——她的脸上渗出细微的汗粒，经中午的太阳一照，汗粒就折射出金粉般的光泽，像一闪一闪的小眼睛。令我不解的是，她为什么要取出白手绢，残忍地擦掉那些宝贝金珠子？在她擦汗的时候，我看见她的脸上，她的左颊下部，有个能传达愉快心境的小凹儿——酒窝。而她的右颊则光滑平展，什么坑儿凹儿也没有！

我猜想栾老师那天的心情特别愉快特别超脱。她仿佛被邀上天宫为神仙们演奏，因此一点儿也显不出尘世间的屈辱困苦。这时我看见，她的衣服湿了，准确地说，是她的胸脯出现了两个圆圆的湿点，湿点慢慢地向四周扩张，最终浸润成两个苹果大的湿块。在我低下困惑的脑袋时，栾老师默默地回房间去了。

我也默默地跟了进去。只见栾老师撩起衣襟，往外挤奶水儿，一条白色的细线飞落地面，溅落地时，跟水一样无颜无色。继之多了，才变成白色。我当时可能伸出舌头舔了下嘴唇，要不栾老师怎么找出勺子接了奶水让我喝呢？这是我生平第一次吃人的奶水，而当时我都十多岁了呀。不过在陌生人的眼里，我至多是个六七岁的孩子，因为我太矮太小了。至于第一次吃人奶的感觉，我实在无以言表。女人的奶水是人类最神秘最甘甜的饮料，用什么来比喻它都会显得蹩脚，不贴切。正如金子，金子只能比喻其他东西的宝贵，而其他任何东西都无法比喻金子本身。

那天下午，栾老师亲自把我送回家里。我父亲给她絮絮叨叨地讲了我的一切，她听得流出眼泪，就把我紧紧地搂入怀中。自那天开始，她每天都让我吃她的奶。一放学，她就把我留下，待同学们走完后，她就带我走进她的房间。最初几天，栾老师只把奶水挤到勺子里让我喝；后

146

来索性一把将我的脑袋揽进她的衣襟里。日子一长，我就吃得心安理得了，居然吃着吃着还把她咬了一口。她疼得一声哎哟，扬手要打我，可手掌落到我的屁股上，却一点儿也不疼。我父亲说，你怎么好意思吃老师的奶呀，以后不要吃了！我将父亲的话转述给栾老师，她慈爱地笑了笑，说，你吃了有好处的，再说你不吃我也憋得难受。

果然，好处来了。我的身体和我的心理出现了魔术般的变化。我那蜷缩的骨骼开始伸展拔节，夜里做梦都能听见伸展拔节的叭叭声响，我那橘子皱皮似的脸面开始绷紧光滑，眼屎耳垢也自然消失。栾老师边喂我奶边给我补课，我的记忆力开始复活，过去的一切，都生动地展示在我的脑海里。在我身上，再也看不见那些与猪相像的神态了。自此以后我连跳三级，撵上了我的侄子金财，也上四年级了。并且没有多久，我的成绩就跑到了金财的前头。从那时起，他才真正承认我这个比他大三天的叔父，开始叫我蝎子叔。后来我考上初中，他还在小学里蹲着，于是他叫得更亲昵，直接把我叫小叔了。这是后话。

那段美好的时光仅仅存在了十一个月，我吃栾老师的奶本是一种地下活动，不料被金财偶然发现了。他也没什么坏念头，完全是出自一个孩子的好奇心理，就张扬了出去，说我好不知羞。没几天，革命紧张起来，公社和大队跑到学校开批判会。一个二杆子指着栾老师的鼻子大骂：你这个该死的婆娘，公然拿你的臭奶水来拉拢我们贫下中农的后代！你这不是明摆着要跟我们争夺接班人吗?！老实警告你，你这是蚍蜉撼大树，痴心妄想！他们想些怪点子羞辱她，而我却愚蠢得没给她帮一点忙。看着栾老师被他们折磨哭了，我只是在心里说：你别哭呀栾老师，等我长大了我就娶了你，那你就是贫下中农的人了……我实在不忍回忆这些，我只想说出结果：栾老师又被调走了，被发配到一个远不如我们那个小山川的更偏远的小山沟里教书。那个学校只她一个老师，学生也只有十来个。至于那架风琴，早在批判会上就被砸得七零八落了！

十八年后，我从音乐学院毕业，成了电影制片厂的一位小有名气的作曲家。自离开老家，我就再也没回去过。过了不久，我们那儿冒出一位作家，他在不长的时间里写了许多深受读者喜爱的作品。制片厂决定把他的成名作改编成电影，由我作曲。为了完美地传达出原作的精神，我想我极有必要回老家采风，尽管那儿是我极熟悉的地方。

我一回到县城，就首先打听栾老师的下落。很好，她仍在教书，在乡间的一所中学，继续传播她的爱心与智慧。我想她现在快五十岁了，可能有点变老，她那种如花似水的光泽可能已经退暗，但是，她左颊上那个可以传达愉快心境的酒窝儿一定还在。我买了些礼品准备去看她时，忽然听到一个震撼人心的消息。

记得栾老师还有个孩子吗？还有个比我小九岁的儿子吗？她当年被贬到我们那儿教书时，她的儿子才两个月。如今孩子已经二十左右了，在看守所里，正接受戒毒治疗。

栾老师的儿子迷上了海洛因。这固然有许多外在的原因，但我觉得最重要的一个原因是：这孩子两个月就失去了妈妈，失去了母爱，失去了哺育他的母亲的乳汁。

是我，无意间剥夺了这个孩子的一切。我想是这样的。

过　　瘾

　　夏季雨多。秦岭南坡的公路经常塌方堵塞，我就遭遇过几回。其中一次乘坐大巴，见前方路中间蹲着几块大石头，连带一大摊湿泥。只得停下。很快就停了大大小小好几台车，全是抱怨声。

　　我邻座是个胖子，一路玩着手串。我俩眼睛对视了几回，彼此都没来兴趣，也就没搭话。可是他走我前面下车，脚刚一点地，回身一支烟伸我手前，恰好我也刚摸出烟，就说这不，有，谢谢。烟是不分家的，胖子说，我就接了。问他怎么知道我抽烟呢，他说我见你几次摸烟出来玩么。

　　胖子点了烟，兀自走开了，没有和我聊天的意思，看样子清高。背影看他并不胖，只是脑袋偏大罢了。准确说他的脑袋，是个上小下大的梯形，两腮里面似乎垫了两片东坡肉。

　　被堵的旅客们公路上胡转悠，如同没王的蜂。女人们在路边崖畔，弯腰采野花解闷。几个当地村民，年龄也都不小了，在塌方处有一下没一下地刨着，等候公路人来，看能给他们开几个工钱。那梯形脑袋似乎故意摆脱众人，独自去了远处，看着对面的山坡，右手指头在左手掌上画着什么。我得前去，给他回支烟。抽烟的人一向君子风范，不愿白抽别人的。烟民们相聚，吸烟量总是翻番——都急着还烟情呢。

我上去递胖子一支烟，他右手指头离开左掌，夹了去，瞥我半眼，继续看着对面说："没文化，没办法！"一瞧，对面山坡高处，立着七个相距不近的巨大的水泥牌墩，写的是：一江清水送北京。我来回看了三遍，没有错别字呀，怎么就"没文化"了？

"这是得费不少钱，"我说，"可是搞工程不花钱，没个回扣吃，谁还有兴趣搞工程！"想来他是生这个气。

"那字嘛，"胖子压根没听进我话，"印刷字实在难看，不匹配这四围景致——配上魏碑字最好不过！"

"我姓魏，魏碑的魏，你贵姓？"胖子接着说，第一次放下清高。一听姓魏，我马上想到三国，于是即兴说免贵，我姓吴。

"你看那第一个'一'字，版面留白太空荡，左上方补个'江山多娇'之类的闲章就好了。最后一个'京'字，右下方落款书家名字，字小点儿，不是图出名，好看，守规矩嘛。"

说的是书法，我一窍不通。没法对话正惭愧时，就听喊叫"先退马！""先飞相！"循声看去，一堆男头围着公路边的水泥墩。上去一瞧，下棋呢。只是要待两个男头错开缝儿，才看见那棋盘比杂志还小。又有两个观战者争论该咋走，下棋者不耐烦说"闭脏嘴"。

"魏先生也爱下棋？我是爱得要死！"

"呵呵，"魏先生玩着手串，"马马虎虎吧。"

我说那一定是高手了，因为熟棋友历来自吹、不尿对方；陌生棋手初逢，都自谦"臭棋"的。

我俩又燃一颗烟，魏先生说河谷下面那个小村子，有味道，适合居住，修行。我说要不咱俩下去转转，没准小村里有棋呢，我也好领教领教。"村里有棋？我估计，吴先生，就那么几户人家，有棋的可能性很小。"

有棋没棋无所谓，反正路堵着也是无聊。先去塌方处问，说是疏通至少还需两小时。就给大巴司机招呼一声我俩下村子转转。下了一截短坡，刚过吊桥，几只鸭子从河里摇摇摆摆地晃上岸来，见了我俩，呆头呆脑地停了步，让我俩先行。

第一家门口坐个老妇人，怀里一个簸箕，正掐四季豆。直感推断，这家不可能有棋，但我还是信口问了一句：大娘，你家有象棋吗？"有，"出乎意料，"你们来坐，我去找！"显然很高兴来客。皂荚树下一个石桌，阴凉，魏先生就坐了，很惊诧这老妇人家居然有象棋。"也没啥怪的，"他给自己打着圆场，"前天我还从报纸上，看见一个偏僻小沟里，某人家发现了好几件宫廷瓷器，成化年间的呢！"

我没坐，只等大娘拿棋来。大娘捧出一个纸盒子，噗噗地吹着盒上的灰尘。这时听见公路上大响，挖掘机来了。象棋往石桌上一摆，缺两个黑子儿，一个"仕"，一个"卒"。问大娘，大娘回屋也没找出来，说象棋是修吊桥的工人玩过的，他们走时撇了，她觉得可惜就拾了回来。

我说不碍事，顺手从地上拾俩小石块当棋子，可是魏先生否决了："人就活个'讲究'二字，万不得已不要凑合。"腮帮子鼓着，胖脑袋转着，"有了！"他见门旁的墙上挂着一把锯，旁边靠了几根木棍，就上去拿来，要锯两个棋子饼。我说咱就等着路通的这点工夫，值得如此吗，将就着下吧——当头炮，不礼貌！魏先生不理会，放下手串，要我双手稳住木棍，他来锯。

这时候听见咳嗽声，小村口慢腾腾地朝这走来三个老汉。后面一个妇女跟了几步，拐进地里拔草了。显然，年轻人都进城打工了。

"老嫂子，有毛笔吗？"魏先生问大娘，大娘答没有，满脸微笑。我叫人家大娘，魏先生叫人家老嫂子，难怪反应不同，我还真是没文化呢。他要老嫂子取出刀，吩咐我将两枚毛坯象棋子儿刮光。

"我回车上取！"魏先生双拳提起，近乎小跑着过了吊桥。听得咚一声，一块大石头被挖掘机甩进河里。

三个老汉坐的坐站的站，问我哪来的，到哪去。一个老汉涎着老脸，给老妇人说，让今夜给他把门留着，老妇人呸一口："你这老驴嘴，一辈子都说不出个人话！"另两个老汉哈哈大笑，忽然瞥见石桌上的手串，颇为奇怪男人怎么戴这种手镯。

魏先生拎个布袋返回了，吊布袋，像是装冬瓜的袋子。袋沿垂着五颜六色的絮絮，印着"大明宫第八届魏碑书法大赛"。他暂且将棋盘收了，腾开地方，袋里取出一个小竹帘，展开，也是杂志大小。接着取出毛笔，墨盒，置于帘上。墨盒打开，干的——刚好老嫂子端来茶，魏先生就往墨盒里注了几滴茶水，毛笔尖边濡墨盒边看原来的象棋字："这字写得好，是临的元倪碑。"掏出一张手纸，试笔，写了"元倪碑"三个字，噢。

"力争写得跟象棋字一样！"他拍了一把鼓腮，向谁起誓似的。舔好了毛笔，手捏圆木饼，指头几乎是钳着般用力，这样子我只在修表匠那里见过。

可是他，毛笔在木饼上晃了晃，停住了，抬头说："各位老兄，配合一下，往后退几步，遮光了。"大家都很敬畏地后退了。

他先写了一撇，再写一竖，看来是先写"仕"字了——果然！写完后，长出一口气，头也不抬，只将两根指头竖上头顶："来支烟！"我赶紧取支烟替他夹到指叉上。一个老汉上前，勾腰一看："哎呀你看，跟原来这个'仕'一模一样啊！"又一个老汉说："我看也一样，没敢说，王校长说一模一样，那就真是一模一样了！"原来这老汉是个中学退休校长。

"待会儿，墨干好了，再比较着看吧。"魏先生说得轻描淡写，没把大家的赞扬当回事，"写字贵在一口气，一个气字，啥叫气？气就是静！"

魏先生吸完烟，开始写第二个木饼："卒"。刚写一点、一横，来了两只蜜蜂，嗡嗡地凑热闹，鼻尖脑后绕来绕去不想走。魏先生就不写了，环目大家，我们明白了意思，齐心协力将两只蜜蜂吆回菜地去。

大家照旧后退几步，像木星光环绕着木星。当然我俩毕竟同伙，离他近，脑袋由他肩膀后勾着俯视。"卒"字最后一竖，刚竖到中途，传来对面公路上喊叫——

"路通了，大家赶紧上车！"

魏先生嘟囔一声"糟糕"，却也岿然不动、竖完一笔。"该死的，迟两秒钟喊叫不行吗？"大家说好着呀，跟其余"卒"一样啊。"你们不懂，拿放大镜下看，这一竖是断了气的！"他很扫兴地拍一把肥腮，用力拍，估计拍疼了腮里的"东坡肉"。

一路上魏先生都不说话，我更是憋气，本来想过个棋瘾且有条件过棋瘾，却硬是被这货转换了主题！

见他闷闷不乐，我又不免好笑，宽慰他说不就是最后一笔没写好嘛，"你想想看，那副积满灰尘的象棋又有谁去下呢？你补的那两颗棋子，字再好也许永远不被人看见！"

"你这看法就不对了，吴先生，老弟！"车里邻座的魏先生脸朝我，身子尽量后仰，以便拉开距离，防止唾沫星子，"非得让人看吗？

让人看当然有点意义，没人看也不等于没意义。人生做事，根本意义是图个自己高兴，自己满意。"

他只顾自己是否满意，我的下棋呢？真是个自私的家伙！

"我每天都要临帖写字，一天不摸毛笔，晚上浑身痒痒得睡不着嘛。原本想今天外出，是过不成写字瘾了，没想到啊没想到……今晚睡觉不会失眠了！"

魏先生说这话时，表情是那种飞来横财的惬意。

"我倒没你那么严重，我是两天不下棋，便秘。"

"哎呀吴先生，"魏先生手串自拍脸颊啪一声，"忘了告诉你呀老弟，我压根不会下棋，怕你扫兴，所以写棋字，也是为了拖延时间。"

我脸朝窗外，欣赏汉江景色，不再理他了，没过棋瘾憋得难受。

人间天上

　　这是好多年前的事了。当时，我是县委办公室的二等秘书。一天，地委新派遣的邱书记到任了。当天晚上，我死活也睡不着觉，脑子里一个劲地跳跃着某种不好明说的希望。每来一个新书记我都要失眠一次。事实证明，我的失眠全是自作多情。我干了七年秘书，陪了四任书记，却没一个提拔我的。当然，这也跟书记换得太勤不无关系。我们县山大沟深、贫穷僻远，派来的领导大多不安心工作，谁也不愿意将家属随身带来。他们跟蹲点似的，干上一年半载甚至几个月，就钻进小车一溜烟跑了。这是赘话，姑且不提。我想说的是，那天晚上我一直臆测着这个邱书记会不会提拔我。我抛掷硬币卜算我的前程。我心里嘀咕，如果运气好的话，就出现国徽。很好，一连三次都是国徽。我大为激动，决心勤勤恳恳任劳任怨，在邱书记身边露他一手。

　　我怀着美好的理想睡着了。但没过多久，办公室主任就叫醒了我。我出门一看，但见太阳东升，喷火蒸霞，天地间一派光明。主任说邱书记要我陪他下乡转转。我心里异常兴奋，很是受宠若惊。因为过去，这号美差是轮不到我头上的：县委书记下乡，有资格陪同的起码是部局级领导，而这次呢，单单点名要我，而且只我一人！好久以后我才弄清，邱书记为什么点名要我。

我跟邱书记草草地吃了点什么，就登车启程了。跟前几任书记不同，邱书记不坐前边，非要我坐前边。理论上讲，吉普车的前排是秘书警卫之类的位子，但我们山区有个习惯：无论车上挤了多少人，唯有其中官位最高者才能坐前边。就是说副驾驶位置，坐的是车上最大的官儿。从邱书记让我坐前边的这件小事来看，他是个敢于蔑视陈规陋习的改革家。事实上邱书记并未这么想，而是前排放不下他那伟大的形体、前凸的肚子。加之山路复杂，猛一刹车额头就可能撞了挡风玻璃。

在车上，我本想问问邱书记为什么点名要我陪他下乡，但终究不好意思开口。要想当个讨领导喜欢的干事，唯有手勤脚勤，只听话少说话尽量不问话。我之所以干了多年还没个名堂，不是能力差工作不踏实，而是多嘴，好耍小聪明，常常在关键时候"露一手"，吃亏恰恰吃在这该死的"露一手"上。

我那次陪邱书记下乡，除九个不通车的乡镇外，其余的地方都转了。每到一个地方，我们都受到当地最高规格的接待。这显然是办公室提前通知了的。当时，鳖河正在架桥，小车被堵住了。工地负责人见是县委书记，像是见了大救星似的前来报告，说架桥碰到了难题。架桥要放大炮，放大炮要伤民房，放小炮虽然安全，但放小炮不起作用。老百姓是既想架通大桥，又要保住房子。工地负责人不知放大炮好呢还是放小炮好。邱书记听后颇为不悦地说："你是工地负责人怎么做你还不知道？"要是说了这句话转身离开也没什么，可不知怎么搞的，邱书记又回头补充道："该放小炮就放小炮，该放中炮就放中炮，该放大炮就放大炮，只要你们按党的政策办，出了问题我负责！"工地负责人听了这话，就一脸的困惑。我们离开时邱书记又自言自语："我又不是工程专家，要你们吃干饭呀！"

小车退到村子里停下，邱书记说不如顺便去趟马腰乡。马腰乡不通车，翻个二十来里的小山梁就到了。邱书记上山不太行，一个劲地喘吁，爬几步就歇口气，很有意见地拍着自己的肚子。及至赶到马腰乡，太阳快落了。离乡政府老远，就看见乡上的刘书记和田乡长率领两班人手，呈八字形恭候在门口两边。大家兴高采烈，满脸是迎媳妇、做新郎的表情。这也难怪，解放以来，这是第二个来马腰乡视察的县老爷。田乡长特别兴奋，亲自给我们打水洗尘，并把我叫到暗处，询问邱书记爱吃什么爱喝什么脾气大不大。我说我跟你一样也不知道。

夜鸟开始叫的时候，酒宴摆了上来。刘书记致欢迎词，田乡长把盏斟酒。田乡长本是个名牌大学生，城里人。大学毕业正逢选拔第三梯队，省委组织部到学校挑人，见他是党员，就把他编进了第三梯队，关系留在省上，人下到最基层。他踌躇满志，觉得中国是个农业大国，要想在政界上有所作为，不在农民中泡一泡，便是个问题，缺少关键一环。一晃几年过去了，该升的升了，没升的只好蹲着。他跑到省委组织部一问，人家说那是哪年事呀，早不提第三梯队了，就把他的关系打到县上。他想，仕途没奔头了，只盼调回城里，随便干个什么，讨个老婆过日子算了。所以这回见到邱书记，那是极为用心的。不是为了升官，而是想先调到县上，为回城打个铺垫。

那天晚上，我们都喝了很多酒。乡上本来准备了好几瓶精装西凤，但邱书记坚持不喝。后来实在拗不过，邱书记说："喝也行，只喝你们本地产的苞谷酒。"田乡长就吩咐上苞谷酒。邱书记呷了一口，大为赞赏，说："好，真正的原汁原味！比茅台好。"说着喝了一大口，又是一大口，白瓷碗干了。田乡长快活得不行，就让文书到邻近的老百姓家再弄些酒来。不大工夫，文书就领了一个壮汉进来，壮汉肩扛了一坛酒。于是，酒坛蹲在办公室的大桌上，四只煤油罩子灯围着坛子，大家围着桌子，边喝酒边谈工作。

工作越谈越淡，酒却越喝越浓，最后就专门喝酒了。为了让邱书记多喝些，大家轮流着叫阵划拳。都想让领导多喝，又都怕领导拳输多了没面子。邱书记是越喝越精神，还不时冒出一两句粗话，逗得大家笑哈哈的。不大工夫，就倒了两个，吐了一个。田乡长一看，就对文书耳语了一番。文书出去了。几分钟后，文书带一青年进来了。田乡长对邱书记说，这是文化站的专干，老孙，孙六——啊哈，名叫孙脚，请他来陪你喝酒。邱书记说好吧，就跟孙脚碰了一杯见面酒。

孙脚生得白净标致，文弱谦和，给人一种很舒服的感觉。他伸出左手跟邱书记划拳，我认为这很失礼。但邱书记并不在乎这个，划就划。果然，孙脚的拳技相当高超，划出十二拳，邱书记就喝了十一拳。我想孙脚要倒霉了，怎么能这样认真划拳呢？邱书记当然不服，说再来。出自对首长的关心，我说："别急，我发现了问题。我对孙脚说，你之所以老赢邱书记，是因为你一直目不转睛地盯着邱书记的口型，提前就知道了邱书记要喊什么。现在你不能看邱书记的口型了；还有，你干吗拿左手划拳呢？大家都一样，你也用右手划吧。"

孙脚的脸微微一红，说也行。他很尴尬，有点笨拙地从裤兜里抽出右手，羞涩地伸到邱书记面前——噢，原来是个六指子！就是说，孙脚的右手大拇指外侧，天生了一根小指头，看上去像个大猴儿背了个小猴儿。我同时注意到，在孙脚伸出右手的刹那间，邱书记的眼睛一亮，流露出某种惊喜、亲切的神采。

当他俩开始划拳时，就更有意思了。邱书记说我赢了你喝酒，孙脚说你没赢你没算我这个小指头。再划。邱书记说："这回我赢了你总该喝吧。"孙脚说："你还没赢，这回不算小指头嘛。"见孙脚如此耍赖，我就抓住他的手说："咱先讲好，这回到底算不算小指头？"孙脚说："你们决定吧，邱书记说算，就算；邱书记说不算，就不算。"邱书记说那就不算了。孙脚说不算就不算。结果还是邱书记喝了很多，孙脚只抿了几盅，因为邱书记晕了，根本弄不清那根小指头到底起不起作用。我中途裁判了几次，邱书记要我别管。显然，他高兴，他对小指头很感兴趣，甚至很有感情。

田乡长见邱书记很高兴，他也就很高兴。田乡长名叫田诗，名字怪好听的。

第二天我们离开时，全乡的干部和附近看热闹的群众都来送行。邱书记跟孙脚握别的时间比较长，说你是好样的，有什么事可以上县城来直接找我。孙脚只是分寸感很强地微笑点头，并不怎么诚惶诚恐。我不免纳闷起来，因为我从未见过哪个县老爷对一个普通乡民如此流露亲昵。

全乡的干部积极要求送我们翻过山梁，邱书记抱拳相谢，坚决不让。田诗送给邱书记一坛苞谷酒，仍让那壮汉子背着。开始上坡的时候，邱书记就打发那壮汉子回去了，而让我背着坛子。绳子勒着酒坛子，酒坛子勒着我的肩膀。邱书记落个体恤百姓的美名，我却吃如此苦头。

我俩上到山垭时，回望山下，但见乡上的人排成一字站在河堤上，皆引颈骋目。

时值炎夏天气，久旱无雨，所以回城的路上，邱书记让司机扒了车的帆布篷，一路上微风拂面、凉爽无比。见了怪山奇树，邱书记便手扶靠背站起来，边欣赏边赞叹，看上去像是一时文采跟不上心里着急，只好配以强有力的手势，如同电影里将军乘敞篷车视察前线一样。他可以这么豪情，而我只能双手紧箍酒坛子。当路上的风景一般时，他就说孙脚这个人有意思，唠叨了几遍巧得很真是巧得很。

这次下乡用了十来天时间，回来就让我写调查报告。我熬了两夜拿出初稿，呈交邱书记批阅。他也没批什么字，当面说了几条意见，叫我再改改，加加。我连改带加了四遍，他才满意，让我誊好打印。我工整地、完美地誊了一遍，在交他终审之前，我忽然灵机一动，有意将两句话改得很别扭、将三个正字改为错别字。因为经验告诉我，如果领导对你的文章挑不出一丁点儿毛病，那他会表面上夸奖、心里不舒服的。

邱书记看了修订稿后，笑了，说："你不该把对了的改错，要改就得重誊这一张，用橡皮擦拭我是能看清的。"我脸红了，心里却热乎。

接着开会，扩大会议，邱书记到任的第一个会。会后，大家都说邱书记是个好人，实在，没有空话，目标很明确。

约莫过了两个月，孙脚进县城来了。他随身挑来木匠家具，对我说："江秘书，能不能帮我找个临时活干干？"我问他为什么丢下文化站。他说："没干头，一月给十五块钱，还不如民办教师；再说乡上整天拉用，杀猪宰羊什么的，都让文化专干往前扑……"我无言以答，就问他要不要找邱书记，他想了想说，尽量不找吧。

既然邱书记有言在先，孙脚可以找他，那等于说他愿意给孙脚办事。一般领导给人办事，并不亲自出面，只在很不正规的场合，突发性地冒出一两句，等于暗示跟前的下属听。如果下属的悟性不差的话，那就大胆地去跑吧，落实吧。跑成功了，领导还装作不知道，但心里的账簿却给你记上，关键时候关照你一下，而这关照一下很可能就让你人间天上地变迁了，发达了。

于是，我就领着孙脚去了城建局，城建局局长又领我俩去见一个包工头。包工头二话没说，就赏了孙脚份差事：给正在修建的一个大楼做门窗。

晚上，我将此事禀报邱书记。邱书记没什么表示，鼻子哼了一下。见我脸上被蚊子叮了个红点，他就找出风油精，亲自往我脸上涂抹，然后就亲自喝茶，亲自抽烟。

第二天下午，邱书记饭后散步时，弯个圈子去看望孙脚。两人聊了好长时间，聊的内容无人知晓。孙脚住在大楼的一间尚未粉刷的房间里，用稻草打了个地铺；为防蚊虫叮咬，睡觉时就把头筒进衣服里。我也出身寒门，恻隐之心尚未泯灭，就把自个儿婚前用过的单人蚊帐送去给他。

不久，组织部抽我到马腰乡去考察田诗，看看他能不能当县委宣传部副部长。我们一块儿去了三人，考察的结果还算满意，田诗也破费了二百多块。问题是走的那天早上，乡党委刘书记忽然想起似的对我们说，田诗可能有点作风问题，大家都有点诧异。组织部的人立刻严肃起来，决定暂停返程，而按刘书记提供的线索去调查。

我们三人就去见了那女人。

那是个颇有姿色的少妇，乌眼水腰，两个耳坠亮亮的。家里还算顺眼，也有些钱，丈夫长年在外跑买卖。她殷勤地让我们坐，又是沏茶又是砸刚下树的核桃，这才问我们有何贵干。我们说："你认识田乡长吧？"她说认识，一笑。问你们的关系如何，她眼皮一翻说，什么关系？我们说："就是，那个，那个关系。"她问谁说的，我们说这你就甭管了。她嘴角一扯说："保险是刘书记，这个死挨刀的，有什么权利只准我跟他一个人好！田乡长比他乖，大学生，快三十了，还是个光棍儿，大老远地来我们山沟儿，怪可怜的。"我们三人交换了眼神，感觉这实在不算个啥事。她又说你们是不是要整田乡长，我们说那哪能呢。

她说要是整他你们就瞎眼窝了，是我硬要跟他好的，不怪他。

在考察田诗的时候，我顺便去了趟孙脚家，并问了左邻右舍，知道了一些有关他的事。孙脚的父亲是个风水先生，因为看风水很灵，就瞎了一只眼睛。孙脚这个名字，除了在家里使用，外面的人是不大知道的。外面的人都叫他孙六指。他落地时，父母见是个六指子，顿生不祥之感，实在不想捡起来。母亲心慈，血身子滚下炕搂了上来。父亲想，只好让他活着，取个贱名孙脚，消灾避祸。

孙脚聪明，在不讲究学习的年代里，在学校里学了不少学问。学了没用，回家劳动。后来恢复高考，第一年他就考上了大学。当时还兴政审，他是富农的儿子，自然没上成大学。第二年政审淡了，他也考上了，可是一体检，说他心脏是三级杂音。他不服，贷款到省城医院复查。结果是，他的心脏完美如铁。原来，县医院在给他体检时，忽然来了个实习生要过过机器瘾，误诊了；主检医生也没复核。孙脚到处上书，鸣冤叫屈。冤鸣了，屈伸了，医生也受了处分，但时间也耽搁了，还是没上成大学。第三年他又考了，他想这回肯定能跳龙门。谁知这回加了门外语。他从未学过外语，就头悬梁锥刺股地啃那蚯蚓似的文字。别的科目一概不管了。结果他考了个一塌糊涂，离录取线整整差了二十八分。

孙脚毕竟两次考上大学，乡亲们就把他当大学生看待，走到谁家都是大文人的礼遇。何况，马腰乡还未出过大学生呢。有鉴于此，乡上就把新建立的文化站交给他来弄。弄就弄，无非是写写画画，吹吹打打。有次出黑板报，剩个四方空儿，他就补缺了一首诗：

可恨祖先不思量，

不要姓氏有何妨；

见人都要低三辈，

姓儿也比姓孙强！

经历了这等坎坷，孙脚由不得相信天命了。于是他请人算命。他报了生辰八字，先生又让他写个字，随便什么字。他就随便写了个"多"字。算命的说，事情全坏在他那根多余的小指头上。他的心一下子凉透了，闷闷不乐地回到家里。他拿出菜刀，将右手放在案上，左手举刀要杀了小指头。但忽生犹豫，觉得事大，不敢莽撞，又去请教算命先生。算命先生连说三声杀不得杀不得杀不得，还说："幸亏你及时来问我！你那根小指头的晦气快结束了——这样吧，你再写个字让我测测。"孙脚一想，既然命该如此，索性再写个"多"字。算命先生说："你的好运还得靠这根小指头哩，祸尾福首嘛。"

　　自此，像爱护自个儿的眼睛一样，孙脚无比地珍惜他那可怜巴巴的小指头。他将原来使用的手套进行了精心的改装，以便小指头也有个只属于自身的卧室。他独自一人抽烟时，烟的一头嗨在嘴里，烟腰则支在大拇指和小指之间，仿佛一杆枪瞄着遥远的目标。

　　从马腰乡回来，见邱书记正闷闷不乐地看着一个文件。不是文件，是地委发的一个通知。通知要求，凡在县上任职的，副县级以上的干部，家属尚在州城的人，一律随迁身边，限期三月。

　　我说："邱书记你犯什么愁，文件文件，过期不办嘛，谁还把你的家属押送下来不成！"他说："我没别的想法，只是俩娃到了节骨眼上，一个要考大学，一个要考中专，搬家会影响他们的。"我说："这可关系甚大呀，要是你不好直讲的话，我给地委王部长打电话，陈述陈述。"他一连抽了三根闷烟，说不必了，搬。

　　一个礼拜后，一辆卡车拉来了邱书记的家人和家具。两个赳赳男儿嘴嗨得能挂俩秤锤，夫人则笑眯眯的——老伴老伴，老了不伴还有个什么意思。只是这夫人的长相实在不敢恭维，笑起来满脸松皮满嘴大板牙，多少有点对不住邱书记。

在帮邱书记整理杂什时，我发现影集中有张照片，照片的人堆里，站在邱书记背后的那个人，竟然是我！怪呀，仔细一看，不是我噢，只是很像我。邱书记的夫人说，那是邱书记原来的秘书。喔，这回我明白了，邱书记一来县上就点名让我陪他下乡，原来是我像他的前任秘书啊。

邱书记的家具在途中碰撞得不像样子了，我就通知孙脚来维修维修。孙脚真是心灵手巧，大衣柜左边撞了个洞，他索性给右边再剜个洞，然后雕一对鸳鸯嵌进去，真叫化腐朽为神奇，天才大手笔呢。邱书记一家，惊奇得看魔术表演似的，直夸孙脚聪颖过人，日后定成大气候。

是夜，我跟孙脚美美地酒肉了一肚子。邱书记只喝苞谷酒，却拿出茅台来让我俩喝。邱书记说："这茅台是我得大儿子时买下的，三十八岁得子，所以买瓶好酒，其实还不到十块钱。"我跟孙脚交换个不喝白不喝的眼神，像是帮助首长解决遗留问题，免得泽及他人。我要跟孙脚好生切磋切磋拳技，尽量让他多赢。谁知，我俩刚笑纳了一盅，邱书记就鸣金收瓶了，说："尝个稀罕就行了嘛，按现在价格，你们那一下就抿了我好几块钱呢！"

第二年，上级决定招收一批正式文化专干，吃官粮，干部身份，但属合同制。我第一个就想到孙脚，慌忙通知他，要他准备考试。他一听考试二字，脸上的五官立刻紧急动员，密切配合着滚出一个字来：屎！足见考试伤透了他。我又劝说了半天，他仍心不在焉，好像我求他办什么事，一个劲儿地王顾左右而言他。我只好汇报邱书记。邱书记让我唤他来，慈父般地说："还是去考吧，你是有才能的，当个游民实在可惜了，先考进国家里才是正道。"

于是，孙脚以全县第一名的成绩考上了文化专干。这一点也不奇怪。他要求仍回马腰乡工作。

从此，我们见面的机会很少了。每每马腰乡上来人了，我总会问问他的情况。听文化局局长说，孙脚干得很不错，特别是在以文养文方面。文化站一穷二白，没一分钱的事业费。孙脚就给人看相算命挑选风水宝地，将收入用来订阅报纸杂志，还买了一台照相机。有了照相机后，就不行巫弄鬼了，用照相机挣的钱再贷一部分款，竟然买了一台放映机。从此，马腰乡结束了一年看一次电影的历史。

中秋节时，邱书记家来了一位很冷艳的女子。此女身材颀长，步态婀娜。我这个人没别的爱好，只喜欢多看几眼美女，陶冶性情，工作起来有劲。于是，我就找个借口撵到邱书记家里。但那女子一头钻进里屋不出来，我只好悻悻离去。我一进办公楼，就从玻璃窗看见她走出屋子。我呆呆地欣赏着她那高雅迷人的步态，像欣赏人世间最美好的风景。我发现，那女子有什么难言的心思：出门时手上总是缠着一个紫花提兜，回来时仍缠着，并不曾购买什么东西呀。

后来才知道，这美人儿是邱书记的女儿，是邱书记的前妻所生。邱书记的前妻死了。直到如今我也不知道邱书记的前妻是怎么死的。

邱书记这女儿芳名邱嘉兰。她每次来看父亲时，邱书记就一下子年轻了许多。从邱书记脸上能看出这的确是他的女儿，他女儿把他脸上有限的优点强调与放大升华了。邱书记常常对我说，邱嘉兰跟她妈仿佛一个模子浇出来的，说这话时的声音十分动情，神情十分怅惘。我感觉，这里边一定暗藏着某种非凡的秘密。

当我知道邱嘉兰结婚了时，我心中冒出一丝古怪的失落感，如同影迷们知道某个影星结婚了一样。美女是大家的，我得不到你也不该得到。总之一句话，美女不应该结婚，美女的天职是让大家都有个念想。

再说孙脚。孙脚不当文化专干了。孙脚被选为马腰乡乡长了。田诗落选后，就被调进县委宣传部，当干事，整天拿着剪刀、糨糊编纂宣传材料。他努力了半年，总算也当上了宣传部副部长，并娶了个当地护士为妻。

孙脚当乡长还没满一年时间，也即是说，没干满一届，就被调任县林业局副局长。据说是因他会干木匠活，会木匠活就熟悉树木，熟悉树木就热爱森林，热爱森林就能管理森林。我猜想，他的升迁肯定是邱书记的意思。但邱书记从没流露什么，说那是政府的事，任命书是县长发的嘛。呵呵。委任状是县长签写的，没错。不过都知道，笔与墨水却是书记给的。不给笔与墨水，再高的手段也签不出字来。

孙脚上任一个月后，就考了一张自修大专文凭。这为他日后的起飞奠定了基础。

一天，邱书记从地委开会回来，对我说，他已调回地区了，任地区林业局局长。他不无感慨地说，年龄大了，混不了几年了。我心里很不是滋味，大有被谁抛弃了的感觉。我算是白殷勤了一回，白陪了第五任书记。孙脚有什么根基？我怎么连他都不如！

邱书记走的前一天夜里，孙脚来了。孙脚到县上当官后，除了上班时间办公事，他几乎不曾找过邱书记。现在人要走了，他觉得应该来看看。

孙脚说："邱书记，你要走了我很难过，好在你仍是我的直接领导……我给你准备了两方木材，请你一定收下。"邱书记说："胡闹，我不要！"孙脚说："你的家具实在看不过眼，再说你的两个儿子长大结婚也要用木料的。"邱书记说："我只管我，儿子事一概不管。"孙脚说："两方木料是我自己掏的钱，这不，发票还在我兜里呢。"邱书记说："那我就更不能要了，你有几个钱呀，钱多的话就先成个家吧。"

第二天清早，一辆卡车开进县委家属院，装了邱书记的家具，一件不多，一件不少。两个儿子坐进驾驶室，嘴巴噘得比来时还长，因为一个没考上大学，一个没考上中专。

卡车走了两个小时，邱书记夫妇的小车还没发动，因为送行的人太多了。及至启程，众人的影子全消失了：太阳端端地悬在脑袋顶上。

但是过了两小时，吉普车又回来了，后面跟着一辆满载松木的东风大卡车。这是孙脚送给邱书记的礼物。邱书记婉言谢绝了，只从卡车驾驶室搬下一坛苞谷酒来，说："这个我要，就不给你开钱了吧，送礼要会送嘛。"

我清楚记得，邱书记到地区的第五天，给我来了一个长途电话，问我想不想到地区工作。我半开玩笑地说想。我猜他可能是想托我办什么事不好直说，比如要成为他享用苞谷酒的供应站。他在电话中说，如果我想来，人事部门会马上发调令的，我爱人也不例外。我当然用感恩的声音说，那好吧。其实我着实想走，单是看见孙脚我就不舒服。他能有今天，从某种角度讲是我一手促成的，而如今他是官我是民。

我没想到的是，十天以后，地区的调令真的下来了。我们夫妻双双进了州城，从而脱了乡巴佬的皮。我在邱书记——邱局长手下当办公室主任，科级。跟县委办公室主任平级。事后邱书记——邱局长对我说："咱们这些干行政的，又没个专业特长，不努力当个官还能弄啥呀？混了十年八载还是个一般干事，同志们就猜测你是不是犯了错误，亲戚朋友更笑话你，老婆也看不起你哩！"不知咋搞的，这话把我的眼睛弄湿了。

我妻子在县上干的是会计，交手续很费时间。她不在我身边我还有点想她，常年耳鬓厮磨又觉得烦人。所以，我希望她交手续的时间拖长一些，让我多自由几天。

州城，我当然吃大灶。也常到邱书记——邱局长家揩点油水。在他家无论吃什么味道都好，尤其是邱嘉兰在场的时候。我确实没有别的意思，只是觉得看她比受领导表扬还舒服。可是，自从我见了她的丈夫后，我就不大想去领导家蹭饭了。她丈夫比较英俊，搞得我比较扫兴，有点自惭形秽。

但是，邱局长的六十大寿是不能不去的。其实是五十九岁，因为我们这儿六十大寿都在五十九岁过。我买了四色礼去了。我没买寿糕，因为那是女儿女婿的专利。

现场一看，外来客人只我一个，感觉是他们家被横插了一杠子，节外生枝了一个疖子。我就喝酒，不论谁斟的我一概不客气。酒喝多了，胆子就有点变大。于是，我瞅个空子就看邱嘉兰一眼。我不明白，她的右手上为什么始终缠着那个紫花提兜？

忽然，她的两岁多的儿子偷着尝了一点酒，嘴巴一张两股鼻涕出来了。小儿嚷嚷要给他擦鼻，大人们只顾说话根本没注意到这个。这小儿发急了，一把拽下他母亲手中的紫花提兜就往鼻子上擦——

于是我看见一个奇迹，邱嘉兰那纤细玉白的右手由六根指头组成。那第六根指头也是很小很小，也是长在大拇指外侧，也是像个大猴儿背个小猴儿。

刹那间邱嘉兰的脸煞白了，慌忙夺回紫花提兜——但是她并没缠手，而是将它扔到身后的沙发上。我当时非常尴尬，甚至非常痛苦，因为我不该看见她的手、她的小指头！在我想来，除了她的亲人，除了某种不得已的场合，她是尽量不让别人尤其是陌生人看见她的小指头的。如果我不去为她父亲祝寿，如果在她父亲的寿筵上没有我这个外人，那她就用不着包藏自己的秘密了……

我百思不得其解的是，在医疗技术高度发达的现代社会，切除一根微小的指头跟打针葡萄糖一样简单到不能再简单的地步，邱嘉兰为什么不去动手术呢？事后我才听人说，那是邱书记、邱局长对女儿的恳求，似乎是对亡妻的特别怀念……究竟为什么，莫非她母亲……或者邱书记家族……有谁谁是六指……

我不便也没必要去调查的。我要强调的是，我平生至今一共见过五个六指子，其中唯有邱嘉兰是女性。

这里透露一个最新消息。上个礼拜，我们亲爱的孙脚同志，以其出色的才能与为人，光荣地当选为副县长。其中有个原因，他不是党员，是民主人士——副县长中必须有一个民主人士。当然，他之所以能有今天，还有一个至关重要的原因，这里也就不啰唆了。